那一年我们哭过、笑过，泪水中让你我明白了成长的代价；不能忘却的是那段疯过笑过挫败过的青春岁月……

# 微 雨 飘 飘

石微雨 著

中国华侨出版社

## 作者简介：

石微雨，毕业于解放军艺术学院文学系、戏剧表演系，影视演员。她曾出演过数十部电影、电视剧和话剧。

闲暇，她笔耕不辍，写了大量的散文、随笔和谈艺札记。

近年来，石微雨热心于慈善事业，尤其是帮助贫困地区的儿童和残障孤儿，为他们的生活和学习提供了力所能及的帮助。

每一滴雨水都有天空的气息

每一粒沙子都有沙漠的印痕

雨夜思绪：

　　雨后的味道沁入我的心脾，因为它太特别了，混合着泥土与青草的气息，清新、单纯，有如枯萎的生命获得重生……每一个生命都应给她一次重生的机会，就算是狗血剧也要继续下去。

# 代序·读读写写好处多

青年演员石微雨勤于笔耕，十多年来，将自己经历过的有意义的事和所感所悟记录下来，集为《微雨飘飘》一书，这是值得称道的；近些年来，石微雨热心慈善和公益事业，资助了不少残疾儿童和失学儿童，这种助人为乐的行为更是值得称道的。

我在担任中国现代文学馆馆长期间，花费了大量时间研究包括家父老舍在内的许多现代作家和诗人的创作活动。发现他们都是好读书的人，因积学而博学，因博学而治学有成、创作丰硕。像阿英先生和书打了一辈子的交道，连做梦也忘不了书。前辈们为何嗜书若此？巴金先生给出过答案："读了好作品，我会感到心灵充实，充满对生活的热爱。"

我历来主张年轻人多读书，在喧嚣的世界不浮躁，静得下心来学习，才能不断提升自身修养和服务社会的本领。读读写写好处多，我希望更多的年轻朋友热爱书籍，追求知识；如果有能力拿起笔来写点东西，那就是更上一层楼了。我虽年近八旬，却不敢懈怠，每天都要读书写作，或者作画。对石微雨这样爱读书、好写作的年轻朋友我愿意为之点赞，借以倡导热爱读书的良好社会风气。

---

舒乙：中国现代文学馆原馆长、老舍长子。

# 自序·为了我们曾经有过的梦

我是一个在北方长大的女孩儿，离海不远。儿时的梦如同大海一样延伸到远方的天际，海天一色，都是湛蓝湛蓝的，清纯而又明净。在梦里，我像是一个自由自在的精灵，在湛蓝的天空中四处飞翔。大海透过浪花倒映着天上的朵朵白云，像一面无边无际的镜子。我看到大海深处有一个小岛，岛上草木葱茏，轻烟缭绕。我轻盈地飞临岛上，身旁是一棵好大的树，青翠的叶片上滚动着晶莹的露珠儿，水晶般地折射着七彩光芒。树下围着一群可爱的小动物，有遛弯儿的小白马，跳跃的小白兔，还有悠闲的长颈鹿……它们无忧无虑地在一起嬉戏。

突然之间梦醒了。窗外细雨淅淅沥沥。夜色犹浓，我很惆怅地躺在床上，听着，想着，寻觅着，直至大脑一片空白。回过神儿来我想，我渴望着安静、祥和，没有任何的争斗，没有任何的忧伤，可这种生活在哪里呢？——在梦里，在雨夜如雨丝般的思绪里。

我出生在一个并不幸运的单亲家庭，所以比一般的女孩要多些坎坷，多些苦恼，多些自主，因此也多些感悟。

茫茫人海阔无边，芸芸众生万万千。我们能够相遇、相交、相识、相知的朋友毕竟有限，我愿通过这本散文集认识更多的姐妹和朋友。因为多一个朋友，心灵便会多一份慰藉，人生便会多一缕阳光，事业便会多一份助力。

《微雨飘飘》收入了我十余年来数十篇随思随记的短文，虽然并不精致，却表达了我对生活和人生的独特感受，我愿同与我一样热爱生活的年轻朋友们一起分享快乐或是悲伤。为了我们曾经有过的梦，让我们一起投入地爱一次，忘了自己吧！

2015 年 10 月 1 日于北京

# 目录

# *A*

## 炫出一片彩

我们是早晨八九点钟的太阳；
就像社会是一部汽车，我们是驱动装置。

# 微雨的意境

　　每每读到"微雨霭芳原，春鸠鸣何处"这样的诗句，身心仿佛浸润着诗意。

　　微雨时分，便是浪漫一刻；那雨意缠绵的景色，便是造物的艺术杰作。

　　我的梦境常常罩在细细密密的雨帘之中，依稀听得泉在石上流、雨叩屋檐瓦，淅淅沥沥间骤然急促起来，渐又音杳如诉。此时恍然，分不清是在梦中还是梦外。在多雨的季节，夜半听雨，不知是天籁的夜话，还是灵魂的吟唱，抑或是花草鱼虫的窃窃私语？

　　听雨，是古人的雅事之一。文人雅士当作音乐来欣赏的雨声，必是那种淅淅沥沥的微雨。绵绵细雨从屋顶而下，穿过屋檐，落在檐下的青石板上，发出滴滴答答的声响，溅起小小的水花，确是悦目之美景、悦耳之佳音。走在悠长的小路上，同撑一把伞，听那滴答在伞面上的微雨细语，也像情话一般声声入耳。

　　在江南拍戏时，遇到难以入眠的夜晚，我也会倚窗听雨。夜雨的语汇极其丰富，时而潺潺说禅，时而叮咚赞礼，像是邻家婆婆唠叨着乡村故事，像是行吟诗人说唱的瑰丽传奇，也像是地外生命的遥远回响。听秋雨打叶，不禁孤栖忆远；听春雨润物，人便恣情快意。

唐代诗人韦应物在《幽居》诗里写道："微雨夜来过，不知春草生。"我觉得：诗人与微雨，便是人与自然的温情对话。对我而言，飘洒的微雨，就是一缕缕不绝的思绪和语丝。

# 琴童记忆

　　学琴的孩子,似乎有相同的经历。记忆里总有一个带着你学琴的妈妈,因为琴键里藏着她们的艺术之梦。

　　开始学琴那年,我刚上小学。妈妈儿时的梦想是成为一个文艺工作者,年轻时有过的浪漫梦境,并没有消失在渐渐远去的金色年华里,而是移植到了我的孩童生活中。她不知哪来的执著,相信缪斯定会眷顾自己的女孩,于是就把我送去学琴。当然,她不肯说出真实的缘由,只是反复对我唠叨:"学琴的孩子不会学坏。"实际上,从学琴开始,就确定了我的人生方向。就这样,在妈妈的牵引下,我伴着琴声,开始在五线谱的音乐之旅上行走,从沈阳的音乐学院附中,到北京的解放军艺术学院,再到海政文工团,最后我成长为一名真正的文艺工作者。

　　记得那时,擦黑放学后,别的孩子都回家了,或者结伴去玩耍,而我却被妈妈带着去学琴。每逢约定的日子,我们总是风雨无阻,到钢琴老师家去上课。有一段时间,我还会随着妈妈到少年宫去练琴。刚开始学琴的时候,感觉挺新鲜的,当我的小手触到琴键时,那叮咚的琴声让我感到分外愉悦。可没过多久,我就不耐烦起来。心一烦,注意力就分散了,很简单的曲子也弹不好。好在教我的老师性格温和,授课时耳提面命，从来没有呵斥过我。遇到疑难的时候，她就不厌其烦地讲解、示范，等我领悟之后，她的慈颜还会泛起微笑的涟漪。说实在的，妈妈就没有老师那么和气了，回到家里她依然逼着我坐在琴凳上练琴。你看她，比我还忙乱，一会端来一杯热水，一会送来一些小吃，没事了也不肯走，还站在我身后看我弹琴。有时候，我很累，她也很累；我很烦，她却不烦。那时候，我时常有委屈的感觉。不过，我真的慢慢喜欢上了弹琴，喜欢上了音乐，喜欢上了表演。不管怎么说，我还得感激妈妈。她的付出不一定比我少。

常年生活在琴声里，及至长成大姑娘了，我还不懂得时尚，不晓得如何打扮自己。但我在琴声里得到了抚慰，我也用音乐来表达对母亲的那份挚爱。后来我考上了军艺，母女暂时分开了。想妈妈时，我会给她打电话。有一次，想起是妈妈的生日，接通电话后，我将话筒放在钢琴边上，然后开始弹奏"祝你生日快乐"的乐曲。等到和妈妈通话时，我觉察到她说话时有些哽咽。哦，我的这个小小创意打动了妈妈，我的手指触到了她心间的琴键。

在妈妈的指引下，音乐像春水一般，滋润着我的童年、我的花季，让我在潜移默化中懂得了如何做人、如何做事，也懂得了感恩。妈妈，我得郑重地说一声"谢谢您！"

# 光屁股的孩子

社会像一部汽车。

革命者、先行者如同驱动装置，总想往前赶路；稳健者、传统派如同刹车装置，老想把车停住。对一个健康的社会来说，这看似对立的势力缺一不可。欲速则不达，有时就是需要减速甚至停车的，社会的发展其实就是这样走走停停的。

有人看不起我们这些新新人类，首先是我们每一个人的爸爸和妈妈。他们说我们这茬独生子女是"小皇帝"，其实长辈只给了我们宠爱，并没有给我们信任，甚至限制了我们的自由。他们完全按照自己的意愿来塑造我们，从什么"胎教"起，也就是我们还没有呱呱坠地起就开始了他们预谋的计划，什么清华、北大，什么哈佛、剑桥，什么钢琴家，什么航天人……他们总是挑刺，嫌我们喜欢摇滚，嫌我们的头发留得太短或是太长……我们是至高无上的吗？我们的童年缺少游戏，情窦初开时学业缠身，我们的命运不能自己把握，我们算什么"皇帝"，要是，也是被慈禧囚禁在瀛台的光绪。

可我们应当自信：未来属于我们年轻人，因为我们是早晨八九点钟的太阳；就像社会是一部汽车，我们是驱动装置。

北京朝阳区的一个路口，高高架起的巨幅灯箱上是立邦漆的广告。看着，看着，我突然觉得那画面就是对新新人类的形象写照。那些光屁股的孩子个个面向未来，可人们看到的却是他们涂着油彩的小屁股，感到新奇、可爱，又有些可笑、幼稚。

我想告诉我们的爸爸和妈妈，告诉所有看广告的人，你们不要笑。等他们长成"新人类"，便会洗净油彩；等他们长成"人类"，便会穿上裤子；等他们变成"旧人类"，便会掉转头来；等他们变成"旧旧人类"，便会走下画面成为看广告的人。

社会是一部汽车，需要驱动装置，也需要刹车装置。

# 我们都有点儿无厘头

都是港台影视节目惹的祸，我们都有点儿无厘头。

我有一位驴友，是去内蒙古旅行时认识的，那些日子他老给我发短信。这不，又是他的信息："听着！我要追你，我一直要找的就是你！这次我不会再错过机会了！我一定要追到你为止！⋯⋯⋯死蟑螂！追到你就踩死你！"初一看，我有些血脉偾张，等看清楚时，真是哭笑不得！于是也回他一段："你用白云做件衣裳，向小鸟借双翅膀，在屁股后插个扫把，然后箭一般飞到我的面前，告诉我：鸟人就是这个模样！"没有人愿意好好说话，一张嘴，语言就是周星驰式的——无厘头+娱乐至上，一旦蹦出个褒义词，却怎么听怎么像骂人。

小云是我的女同事，前些日子轧上了一个男朋友，硬说对方长得像某帅气男演员，爱得昏天黑地死去活来，可只过了仨月就拜拜。我问她："你们分手时怎么说？"小云说："他说'不玩了'，我说'对，这不好玩，咱不玩了'。"即便是很严肃的事情，新人类也会用"不玩了"来应付。反过来，"玩转"这句话使用的频率也很高，色友玩转摄影机，大虾玩转电脑，飙车族玩转汽车⋯⋯总之这些玩转什么的，会让人联想到耍盘子的杂技演员来。

连打扮也有些无厘头。迎面过来是波西米亚的浪女，一转身又变成优雅端庄的淑女，再看到时换了一身中性化的运动衣。有人玩波普艺术，有人玩欧鲁艺术，发亮发光，视觉错乱，看谁酷，看谁炫，用的都是些无厘头的设计元素。

新人类扎堆时，更是无厘头的大聚会。有人寻找踢爆的快感，说些特莫名其妙的事，特匪夷所思的事，大家听了统统答以两个字："晕倒"，或"我倒"。

80 后如此，90 后也如此。网上娱乐至上依然，但过去无厘头的调侃变成了今日的互喷和掐架。

比较起来，我们还是喜欢周星驰风格的无厘头。

# 摘掉你的面具

当我们呱呱坠地之时，我们是真实的，可随着年岁和阅历的增加，我们却在一点一点地丧失自我。人生好像流水一般，当泉水从石缝中钻出来的时候，是那么的晶莹清澈，可当它汇成河流时就会变得浑浊起来。

一个个真实的自我，才能构成一个真实的世界。我们能够送给世界的最好礼物，就是真实的自我。对我们个人而言，活得真实，人生的历程才会留下个性的履印。

在现实生活中，保持真实其实很难，我们往往还会为此遭受挫折。记得在我上小学时，遇到一个大雪天，兴奋极了。一到学校，我就组织同学们扫雪。扫完雪，还没到上课的时间，我又带着小伙伴们堆雪人，变着花样和大家尽情嬉乐。我以为自己很棒，活也干了，大家玩得也很开心。但我却受到了老师的批评，他说我像一个男孩儿一样，太贪玩了。老师的话意味着什么呢？它意味着我应该做一个乖乖女，然后再学着做一个淑女。在老师看来，我太好动、太调皮，还时常有些怪想法。为了让老师满意，我极力改变自己的天性。而这个过程其实就是脱离真实的过程，我们开始在大人的教导下束缚自己，压制个性，把真实的自我隐藏在一个个假面具的后面。

很多人都有过类似的经历。几乎每个人的生活中都有过那么一刻，屈服于外部的压力，开始戴上无形的面具生活，甚至花心思学习和掌握各种伪装术，以便取得成人的资格和获得成功的机会。

戴上面具生活是用来表露我们希望别人看见的自己，并且藏起我们不敢揭示的自己，掩遮我们所担心的、自身不够可爱的地方。

一个朋友私下告诉我，平时总觉得压抑难耐，因为要按照他人希望的样子活着；恰恰是在化装舞会上，才能获得片刻的自由，因为带着真的面具，你可以得意忘形，你可以像一个疯子、傻子、戏子，想怎么闹就怎么闹。你甚至可以走到你暗恋的帅哥身旁说一声："我爱你！"

看来，无形的面具比有形的面具厉害得多。试着摘掉你的面具吧！我们都该回归本真。

# 简单的生活最快乐

著名画家杜尚这样说过："一个人的生活不必负担太重，不必做太多的事……我的生活比起娶妻生子的常人轻松多了。我确实过得很幸福，没生过什么大病，没有忧郁症，没有神经衰弱；还有，我没有什么感到非要做出点什么来不可的压力。"

杜尚传达给我们一个极有价值的信息：解放你自己！

无论生活还是工作，我们面前总是有一大堆事情。重要的是，你必须学会取舍，分清楚哪些是必须做的，哪些是可以舍弃的。对那些可做也可不做的事，就不必花费时间和精力了。一天 24 小时，除了工作、学习和睡觉、吃饭，时间所剩无几，你必须拿出一些时间来，用来承担家庭责任、享受生活的乐趣。如果你总是忙忙碌碌的，那就学学杜尚；每天，我们至少要留出一段时间给自己，这样才能保持平和、健康的心态。

如果你觉得活得累，可能是因为你负荷太重。对父母你想做一个好女儿，对孩子你想做一个好妈妈，对老公你想做一个好妻子，对老板你想做一个好下属，对员工你想做一个好领导，对所有熟识的人你想做一个好朋友……上得厅堂下得厨房，里里外外，面面俱到。你怎么可能不累呢？

如果你觉得活得累，可能是因为你过于追求完美。居家时，你不想看到墙角有一片纸屑，你不想看到穿衣镜上有一点儿污痕；到了公司，你不能容忍你处理的文件里有一个差错，你不能容忍同事说一句与工作无关的事情……你想把每一个细节处理得尽善尽美，你怎么可能不累？

为了快乐，做一个简约主义者吧。

许多人都听过那首《简单生活》："我想要过那种平平淡淡的生活，没有人来唠叨，没人操心，说走就走，随我高兴就是种快乐，把行李变成面包，头发乱糟糟，整个屋子东西不收，都不出门口。天啊，偶尔放肆一下真快活。"我们喜欢这首歌的理由还是"简单"。

太阳出来暖融融。伸伸懒腰，深深地吸上几口新鲜的空气，对着太阳公公笑一笑，然后去做你想做的事情。不要给自己制订那么多计划，删繁就简，可以不做的就不做。这不是得过且过，而是让生活简单一些，人生快乐一些。

有人说我们中国人的状态是"一不做，二不休"，既不像在工作，也不像在休息。我们该怎么做？其实很简单：上班好好干，下班好好玩。

生活过于紧张，事情过于琐碎，你必然会烦。烦的感觉真不好：工作烦，回家更烦，见谁烦谁。连吃一小块巧克力蛋糕，你都会想，为什么不索性用叉子敲打自己发闷的脑袋？

　　要想缓解压力，要想活得快乐，你就过简单一点儿的生活吧。如果不是这样，我们就会像童话里那个被老巫婆套上了红舞鞋的姑娘，只有不停地跳舞了。我们应当摆脱外来的压力，过简单一点的生活。

# 做一个好玩家

文学家林语堂先生早就说过："如果一个人真的要享受人生，人生是尽够他享受的。" 现代人活得太辛苦，无法品味到悠闲生活的乐趣。其实，你本可以换一种活法，闲时冲个凉，沏壶茶，打打牌，下下棋，养养花，遛遛狗，蹦蹦迪，做做瑜伽，逛逛公园，泡泡茶馆……或像作家洛夫先生一样，"一时兴起，独自小饮两杯，浅斟慢酌，自得其乐，将一日的疲惫，千岁的忧虑，在一俯一仰之间化为逝去的夏日烟云"。

贾平凹在其作品中说："玩牌是最好的心身放松，可以忘记单位领导的小鞋，可以忘记事业上的成败，可以忘记孩子的待业，可以忘记嘟嘟囔囔的老婆……"闲时玩玩，找个乐子，是最常见的缓解压力的做法。不管玩什么，只要守住底线，不玩物丧志，都能起到放松的作用。

当然，做一个好玩家，还应当提高层次，培养点情趣。有情趣的人，他们悠闲而有品位，能欣赏生活中诸多的乐趣，他们才是生活的主角、生活的大师。当代人普遍过得很苦闷，那是失去了生活兴致的缘故。每个人都应调节自己的情绪，培养自己的兴趣，懂得欣赏、接纳和参与，积极地融入生活。如果能用童心去感受世界，就会觉得每天的太阳都是新的，连河边的石子、路边的花草，在你眼里也会变得赏心悦目。

# 透支金钱比透支生命划算

我们的长辈实在可怜！该发育时赶上三年饥荒，饿得三根筋挑着一颗头，干瘪的胸脯像排骨；该读书时赶上十年动乱，停课闹革命，上山下乡接受贫下中农再教育，该学的知识没学上；好不容易回了城，熬了个科长、车间主任什么的，又赶上企业关停并转下了岗。

他们一步踩不上点，步步赶不上趟。他们活得好累，为了补偿自己失去的东西，为了让儿女比自己活得好一些，老是在操劳，在打拼，在给自己加码。一辈子辛辛苦苦积攒下点钱，又全用在了孩子身上。

我们的爸爸和妈妈一天天老了，他们一直在透支着自己的生命。

看着自己的孩子长大成人了，他们却发现：自己的孩子不像自己！

我们的长辈实在可怜，他们习惯了"新三年，旧三年，缝缝补补又三年"，不懂按揭，不懂借贷，不懂月供，不会用信用卡；看着自己的孩子住进了新房，开上了新车，一年换好几部手机，嘴里老是咕哝：欠下一屁股债，恐怕一辈子都在还钱吧。

听老人说，他们那一茬人，最好的夫妻模式是：男的是搂财耙耙，女的是存钱匣匣。一个能挣，一个能省，就是天作之合。可他们透支了生命，却没过上一天好日子。

还好，他们的孩子不像他们！一家房地产公司的女老板说，她手下的售楼小姐比她还出手阔绰，绝对的顶级包装，从头到脚都是名牌，开着"大奔"呼啸而来呼啸而去。她们都明白一个简单的道理：透支金钱比透支生命划算。

# 金鸟就在你的身边

小时候，听妈妈讲过一个金鸟与银鸟的故事：

一位樵夫上山砍柴时遇到一只受伤的鸟，它那银色的羽毛闪闪发光，漂亮极了。樵夫喜欢得不得了，就把银鸟带回家来养着。

不久，银鸟的伤养好了，它每天唱歌给樵夫听，樵夫过着快乐的日子。

有一天，邻人告诉樵夫，他见过一只金鸟，比银鸟漂亮多了，歌也唱得更好听。

从此，樵夫每天只想着金鸟，把银鸟冷落在一边，自己也越来越不开心。

一天傍晚，银鸟飞到樵夫的身边，唱完了最后一首歌，然后向着金黄的夕阳飞去。

樵夫望着远去的银鸟，突然发现在夕照的映射下，它变成了美丽的金鸟。

原来它就是那只金鸟！樵夫恍然大悟，但金鸟已飞走了，再也不会回来了。

这个故事告诉我们：追求是人生的路标；但贪婪却是人生的陷阱。

一个有智慧的人，能够在自己的生活里发现美丽，享受人生。

你正在从事的工作，也许不是你理想的工作，但当你变得专注时，你自会从中体会到别样的乐趣，还会为你未来的成功积累经验，夯实基础。

你的另一半，可能不富有，也不够帅，没有你心仪的对象那么完美。但你若认真地感受他对你的挚爱，用心地去感悟他的种种好处，你的心中就会春意融融，充满幸福感。

我们每一个人的生活都是有苦有甜的，遇到问题，换位思考一下，就会豁然开朗。

一个老母亲有两个女儿，一个是卖伞的，一个是卖扇子的。所以这位老母亲晴天、雨天都发愁，因为如果是晴天，一个女儿的伞就会卖不出去；如果是雨天呢，另一个女儿的扇子又卖不出去。

一个生性豁达的人就劝她，你为什么不能这么想呢：如果天在下雨，女儿的伞就会被买走；如果天晴了呢——另一个女儿的扇子就有人买了呀。

也对。从此老母亲就这么想，她果然过得很开心。看，道理就这么简单，生活还是老样子，就看你怎么想了。

记住，金鸟就在你的身边！珍惜你所拥有的一切，快快乐乐地过日子吧。

# 女人要对自己好一点

好强的女人承担的压力比别人大得多，父母的期待，工作的负担，加上自己给自己打压，她们难以过上简单的生活，总是忙得透不过气来。

那天晚上，我一直在公司加班，直到晚上十点过后，才泡了一碗方便面充饥。这时，手机的铃声清脆地响起来，远方传来我所熟悉的充满磁性的声音："你忘了今天是什么日子了吧？"噢，今天是情人节。我急忙离开办公室，赶往我们时常约会的那间茶吧。路过地铁站的时候，我买了几枝人家拣剩下的玫瑰。

对于我和他来说，这本该是一个浪漫的日子，可让我把它给弄糟了。我见到他的时候，茶吧的人已很稀了，尽管他没有责备我，可我从他的眼神里读懂了什么叫失望。

分手的时候，他丢给我一句耐人寻味的话："对自己好一点！"

这个情人节没有白过，它让我意识到，自己该调整一下生活状态了。

天蓝蓝，云淡淡，林间的小鸟也是那么欢快；懂得享受生活的女人，才会天天有好心情。我开始关注自己，时常找些理由给自己放假。有时候，我会约上三两好友，去喝下午茶，或是玩上几局保龄球。晚上回到家里，洗上一个泡泡浴，披好宽宽大大的睡袍，点亮一盏"薰衣草"油灯，躺在卧椅上翻翻近期的杂志，感觉好惬意。

生活的真谛在于享受。一个女人，不要只想着做贤妻良母、成功女强人，你首先要学着做一个快乐的女人，自己快乐，也能让周围的人快乐！

爱自己才能爱别人，阳光、空气、鲜花、风景、时装、首饰、美食、音乐、运动、假日、女红，还有友谊和爱情，该亲近的你就去亲近，该享受的你就去享受。

热爱生活的女人，有气质，有品位。她们优雅如陈丹燕笔下的大家闺秀戴西，当她已是满头华发时，还不忘在阁楼的窗户前喝一杯下午茶；她们贤淑如诗人徐志摩描述的那样："最是那一低头的温柔，像水莲花不胜凉风的娇羞"；她们清纯如奥黛莉·赫本在《罗马假日》里扮演的安妮公主，令人见识到脱俗的清新是多么可贵！

# 女人为谁打扮

　　是女人就要会打扮，从古到今都是这样的，女人起床后的第一件事便是梳妆打扮。那么，女人为谁打扮呢？答案似乎是现成的，因为有一句人人皆知的古话说："女为悦己者容。"

　　这样说来，女人打扮好像只为了讨好自己的丈夫或情人。可你仔细观察一下，现代女性初恋时还会"为悦己者容"，一旦熟了，就随便起来，常是素面相向。待到一朝出嫁，更是懒得打理自己，在家面对老公，就是蓬头垢面也不在乎。可出门之前，却要精心打扮一番。你说，现在的女人究竟为谁打扮？

　　现代女人都明白，美丽也是一种资源，是征服男人的超级武器。现在鲜有不近女色的关云长，克林顿当了总统也好色。轻薄的男人说："孩子是自己的好，老婆是别人的好。"那些被自己丈夫嫌弃的女人也不傻，从这些蛮刺激人的话里反悟出这样的道理：既然男人喜欢别人的老婆，我的老公不喜欢我，别人的老公说不定还喜欢我呢！在自己的老公面前已经碍眼的女人，在其他男人的眼里也许别有风韵。于是这些在丈夫面前邋遢的女人，一出门却是花容灿烂。虽然她们不再为一个特定的异性打扮，而说到底，她们还是在吸引异性的"眼珠"，依然可以说是"女为悦己者容"。

　　也有"女为不悦己容"的，无论是面对那些瞧不上自己的男人，还是面对多少有些敌意的女人，都不能自惭形秽。你越是不屑一顾，我越要打扮得花枝招展，让你的目光迷乱。你越是见我打扮不舒服，我越要打扮得与众不同，让你的忌妒折磨你自己。

　　还有一种女人是为自己打扮的。她们无论扮靓还是扮蔻，扮酷还是扮炫，抑或是扮萌萌哒，总是极力张扬个性。我为我容，美丽属于自己。体现个性的同时，也赢得了一份自信！

# 玩魔总动员

听妈妈说，我从小就嘴馋，什么食物都喜欢吃。可贪吃也让我吃尽了苦头：一次去西安拍戏，不断变换花样的伙食令我胃口大开，饕餮的结果是体重飙升到六十多公斤，剧组有人管我叫"胖姐"。正在片场采访的娱记也不留情面，直问我："你对自己的身材满意吗？"当时真是发窘，我轻声回答："瘦一点儿更好。"

这件事对我刺激不小，我立即开始实施自己的"瘦身计划"。起初总不得法，甚至轻信了减肥药物的广告宣传，人家海吹什么，就买来吃什么。我还近乎残酷地节制饮食，差点得了厌食症。不久人是瘦下去了，可营养跟不上，感觉已经憔悴到弱不经风的地步，走路时常常两腿发软，眼冒金花。更要命的是反弹，一吃一喝便嗖嗖地长膘。后经专家指点，我开始进行户外有氧运动，采取的方式是大步距、快步频的"行走"。一点都不夸张，北京的玉渊坛公园、上海的外滩、广州的珠江岸畔，到处都留下了我的足迹，一走就是一个时辰十来里路。人在北京的时候，妈妈还陪着我去爬香山，一周去两次。刚开始觉得很累，双脚也磨出了血泡，我硬是咬着牙坚持下来。现在爬香山，用不了一个钟头，我就可以登上"鬼见愁"，而且步履轻松。前不久，那个记者又见到我，连声夸我"很魔"。

什么样的女人最漂亮？过去中国男人看重脸蛋，现在变了，他们变得和西方人一样，觉得"魔鬼般的身材"比"天使般的容颜"更重要。对男人来说，女人的"魔"就是性感，就是不可抗拒的"性磁场"。

一个男人对我说，他喜欢非洲姑娘。我以为他喜欢黑人的肤色，他说不，让他心动的是她们的身材：该凸则凸，凸得丰满；该凹则凹，凹得含蓄；真是收放有致、曲线流畅，浑身充溢着生命的激情！

其实中国的女人也在变，她们也想"魔"，甚至发出了"把瘦身进行到底"的誓言。我想告诉姐妹们的是，瘦身的路好长好长，若想今日"环肥"明日"燕瘦"，实在是不可能的事情。老话说："一口吃不成一个胖子。"同样的道理，少吃一口也瘦不下去。玩魔是一个慢活，一个苦活，就像跑马拉松，得耐得住性子吃得了苦。不过玩魔具有综合效益，它不仅让女人变得漂亮，还让女人变得自信，变得坚强。

# 宠猫与"猫人一族"

忠诚的狗固然受人宠爱，但多数女士却更乐于宠猫。因为狗太粗野太顽皮了，而猫就温顺得多了。

细细思量，女人宠猫还有四大理由：

一、伴侣。如果你是一个单身女人，身边无人陪伴，"守着窗儿，独自怎生得黑"，养一只猫，会为"寒灯独夜人"带来些安慰。

二、小孩。猫这样的小动物像一个小孩，单纯、天真。你是它的主人，也是它的"妈妈"，除了给它喂食、洗澡之外，你还可以与它玩耍。多了一个能玩在一起的小家伙，会让你感受到无穷的童趣。

三、情人。女人的情感无比丰富，当她的这份情感还在"漂"的时候，只好寄托在与自己朝夕相处的猫身上。

四、自己。妖媚而又有些野性的猫，也许很像你自己。比起其他宠物来，猫更能迎合女人的心态和行为模式。

由于猫"很女人"，也很时尚，所以便有了"猫人一族"。

"猫人一族"很媚，穿着很性感，眼睛会放电，套磁的本事绝对一流。遇上喜欢的男人，自是千娇百媚，任是多么冷酷的男人也会怜香惜玉。

"猫人一族"很野，有点像热情奔放的吉卜赛女郎，敢爱敢恨，在时尚和情感的领地上如鱼得水，无拘无束。

"猫人一族"很精，她们有着良好的受教育经历，总能敏锐地感受新的知识和新的世界，无论在职场，还是在情场，都表现得非常理性，按照设计好的人生方案进行自己的选择！

值得一提的是，"猫人一族"的出现还可以得到科学的解释。科学家发现，在染色体的基因排列上，除了灵长类动物，猫是最接近人类的，猫和人还有着大致相同的基因数量。

像女人宠爱家猫一样，跟得上时尚的男人自然也宠爱风情万种的"猫人一族"。

# 古色古香的另类时尚

从武夷山回来，我总是神不守舍的，看到爬满街巷的钢铁怪物和花里胡哨的霓虹灯，甚至有些恐惧。于是，我想逃跑，还跑到武夷山里去。那里多清净呀！如果能租上一处老房子，依山傍水住下来，农忙"戴月荷锄归"，冬闲"独钓寒江雪"，该是多么惬意。

当我把这想法告诉周围的朋友时，他们都有同感，可没有一个真的要做山民的。说真的，我也没有勇气独自去栖身山洞，做不了陶渊明，只好把武夷山的情结打包起来。

都市的生活太过沉重，资讯、污染、噪音、车辆、商品，山垒海涌般地令人感到恐慌。我在不得已的情况下开始崇尚古典。我不再去蹦迪，若心情浮躁时，会走进一家淡泊宁静、古朴典雅的茶吧，要一壶应时的新茶，在轻柔的丝竹声中徐徐地啜饮。

静夜居家，我不再没完没了地上网浏览、打理微信，也很少和女朋友煲电话粥。冲一个澡后，穿上一袭丝绸睡衣，懒懒地倚着床头读书，别有情趣。近来常看唐诗、宋词和元曲，一边看，一边吟，不知不觉进入梦乡，依稀里枫桥夜泊，月下推敲，分不清是梦境还是诗的意境。

早上起来，恋旧的情怀依然，于是轻抹淡妆，选择一件旗袍穿上。

到了公司，那些与我年龄相仿的女雇员像小鸟一样唧唧喳喳起来，我知道她们一定是在议论我的装束。果然，一个开朗的女孩走过来夸我："老板，您这样打扮很时尚！"

时尚？听了她的话，我一时感到诧异，细细一想，她的话还真有道理。古香古色，典雅素洁，传统之美经过一代代青春活力的积淀、酝酿、躁动、喷发，清香袭人。再加上现代文明的融合，这种美自会以另类的面貌吸引年轻人的眼球。

古色古香——又是一个时尚轮回。

一千年，两千年……说远也远，说不远也不算太远。

李清照的词还在，薛涛的笺还在；淡雅，精致，给喧嚣的红尘平添了些许意趣。

雪后寻梅，风外听竹，我们都该有一份古典情怀。

# B

## 青春的漂流

大海茫茫，沉沉浮浮。

"小船"有到岸的，有依然漂泊的，还有触礁的……

漂在北京很难。不过，漂有漂的诱惑。

尤奈斯库在《犀牛》说："我将坚持到底！决不投降！"

# 漂着，也努力着

我周围有许多做着明星梦的女孩子，像无舵的小船漂在都市的大海。

她们似乎是命运的宠儿，有漂亮的脸蛋，有窈窕的身材，有出众的才艺……

她们又似乎是命运的弃儿，没有户口，没有房子，没有稳定的工作……

大海茫茫，沉沉浮浮。"小船"有到岸的，有依然漂泊的，还有触礁的，境况各不相同。但这些天使般美丽的女孩在经历了炼狱般的磨难之后，大多信起命来。成功了感激幸运之神的眷顾，失败了哀叹自己命苦。

对命运的崇拜与恐惧，让这些女孩子走入庙宇祈祷神灵的庇佑，更无奈的甚至在街角的卦摊去打探自己未来的人生。占星，周易，看手相……当她们把个体生命的生存状态与天体运行联系起来的时候，并没有感到好笑。

改名字一时成风。在算命先生的指点下，缺水的改叫"淼"，缺金的改叫"鑫"……有的改来改去，最终恢复如初。

所谓命运其实就是机遇。一位名演员告诉我，让她一炮打红的那个角色是不期而遇的，刚刚开机，女一号病倒了，她便幸运地取而代之。记者采访她时，她总是说"我的命好"，表现得很谦虚。机遇确实具有偶然性，连大哲学家叔本华也这样说："机遇之神以无与伦比的技巧向我们表明，与它的恩惠和仁慈相比，任何才华能力都是置若罔闻的。"

我的"触电"经历让我深信：机遇之神总是青睐那些有准备的人。

守株待兔是等不来机遇的，缺乏准备和惧怕失败的人即使机遇来了也把握不住。梭罗说过："失败和挫折等待着人们，一次又一次使青春的容颜蒙上哀愁，但也使人类生活的前景增添了一份尊严，这是任何成功都无法办到的。"

漂着的感觉很苦。一位漂女告诉我：她爸爸来信让她回去，说是为她找到了一份挺不错的工作。可她刚要踏上归途时又犹豫了，因为回到县城的生活虽然安逸，却不会有什么变化，甚至可以预知自己的一生。而留在北京，尽管挺苦的，但总觉得说不定什么时候会有机会。她在月台上伫立良久，含泪目送着开向家乡的列车呼啸而去，自己又回到了望京那间租了5年的地下室。

她还漂着。但我有一种预感，她会成功！因为她没有放弃努力。

天道酬勤，说不定哪一天机遇之神会悄然而至。——我为那位漂女祝福。

# 我将坚持到底，决不投降！

北京与沈阳有什么不同？

初来北京的那些日子里，我不止一次地问自己。

一样是钢筋混凝土的丛林，一样是车水马龙的喧嚣和疯狂，只是楼房更高更密，铺天盖地一般；马路更挤更闹，总在歇斯底里。从国贸三期最高层往下看，那些人，那些车，密密麻麻的，像是蠕动的小虫子。而你置身其间，瞧着一张张陌生的面孔，仿佛丧失了自我，你不认识人家，人家也不认识你。

我为什么要到这里来？

当我住进了6个人一屋的宿舍，当我需要排很长的队去买贵得要命的饭菜时，我心里老在问自己。

北京好大。在很长一段时间里，我分不清哪儿是三环，哪儿是四环？可这么大的地方，却没有可以安放自己角落，像一只迷途的无脚鸟，彷徨、疲惫。悠悠天地，而我只是这里的过客……

那一天，我去方庄看一位老乡，说好9点到，可出租车走走停停，硬是晚了一个多钟头。要不是北京的的哥一路上讲些国内国外大事，真要烦死人了！那位老乡请我吃麦当劳，一人一份吉士汉堡、香辣鸡、中薯条，加上一杯可乐，总共也就几十元钱，可我来时的打车费就花了五十多块钱。从那以后，我最害怕的就是离得远的朋友请我吃饭。

对北京的印象还有好多好多。我有，你有，那些住在地下室拿着暂住证的朋友都有。我们拼命地付出，想在这里找到立足之处，想混出点样子来。可我们处处遭遇白眼，总感觉有一个声音响在耳畔："回老家去吧！这里没你什么事。"

可大家还是愿意在北京漂着。

为什么？

每个人有每个人的答案。

刚入秋的一个下午，我去住在西四的一位老师的家里。走过半条胡同，来到一处典型的四合院。院里有正房、厢房和耳房，院里有几棵很沧桑的老槐树，还有缀着果实的柿子树和枣树。在秋光浮动的院落，我感受着京味文化，寻觅着历史的痕迹。

老师在家里给我上台词课，当她翻开书本的那一刻，我意识到，自己并不了解北京。

漂在北京很难。不过，漂有漂的诱惑。在浮华和喧嚣之中，走向北京深处，还有青砖灰瓦的四合院，还有窄而幽长的胡同，还有为了明天在灯下补课的我。

我一边轻声念着尤奈斯库在《犀牛》里的话，一边想着自己的事。老师在一旁提醒我："大点儿声。"我突然扯起嗓门呼叫："我将坚持到底！决不投降！"

老师一怔，我也知道自己失态了，说声"对不起"，顿时泪如泉涌。

# 罗曼的故事

有一年的夏日，我走入月坛南街的一家美容店。一个骨感女孩儿迎上来，哇噻！好漂亮呀。那惊艳的感觉像电击一般强烈。我想，如果我是个男人，会立刻变成采花大盗的。

我们的年龄相仿，一问，又是老乡，自然一见如故。她一边给我做着面部护理，一边讲着她"红颜薄命"的故事：

女孩儿有一个好听的名字：罗曼。她只有 21 岁，却已在北京漂了 3 年。罗曼小时候能歌善舞，但她这个文艺活跃分子的文化课却越来越差，高考时落榜了。那时，她非常沮丧，成天躲在家里以泪洗面。爹妈托了街道上的人，把女儿安排在一家编织厂工作。工作非常辛苦，也很单调，就是用老掉牙的机器编织塑料包装袋。罗曼最怕上夜班，在充满粉尘和噪音的车间里，夜失去了美丽和宁静。在极度苦闷中，一个大她一岁的男同学盯上了她，并策划了逃亡计划。罗曼没有跟家里打招呼，辞了工作，带着三百多块钱，和男同学一起来到北京。住地下室，泡方便面，到处求职，该吃的苦都吃了。让罗曼悔断肠子的是，那个让她堕过两次胎的男同学，竟在去年狠心地离她而去，跑到一个女老板那里吃软饭去了。罗曼的学历很低，在职场上没有什么竞争力，只好在美容店打工。

我很同情也很尊重罗曼，像她这么漂亮的女孩子，如果用美色去做交易，她的生活怎么会如此艰辛呢。此后我定时去她那里做美容，我们无话不谈。当她知道我的经历后，也很敬佩我，她觉得我是一个"成功女士"。

　　那年中秋节的前一天，我照常去了美容店，可罗曼不见了。听店里的人说，罗曼走得很急，没有留下任何联系的信息。那个美丽而又神秘的女人哪去了？走出店门，我怅然若失。

　　前不久，我突然接到一个电话，是罗曼打来的，她约我去国贸的星巴克见面。隔了两年多时间，一个崭新的罗曼出现在我的面前，她还是那么美，漂亮得让女人也眩目，但她的神色和气质已是今非昔比。优雅、从容、骄矜、自信，我不知怎么来形容她，反正是棒极了。

　　一面品着哥伦比亚咖啡，一面听她讲着"巾帼创业"的故事：

　　离开美容店，罗曼去了一所民办大学读了一年电脑专业。罗曼好像很有天赋，在电脑上鼓捣出许多玩意儿。经同学推荐，她进入一家网络公司，担任情感社区的编辑。罗曼几乎以公司为家，每天都要工作十二三个小时。半年下来，她的业绩最为突出，被破格提升为高层管理人员，成了真正的金领。

罗曼说："我其实还在做编织的事情，我一直在编织着自己的梦想。"

是的，罗曼是好样的，她用荆棘编织了一部成功的梯子。

# 命运是一道难解的题

一边弹着吉他，一边唱着："妈妈，你为什么要生下我？"那声线很不一般，嘶哑，又有点磁性；那样子很特别，伤感，又有点做作。

感觉有点怪，有点神秘。像赌城蒙特卡洛的转盘机发出咔嚓喀嚓的响声，像神庙的墙壁上那些斑驳残损的经文，当你怅惘的时候，忽有一只耗子从墙角旮旯里窜出来，对你吱吱两声，又消失得无影无踪了。

我们问妈妈，你为什么生下了我？妈妈用惊诧的目光看着我们，像在说，"傻孩子，你为什么会问这样的问题？"

我们都是妈妈身上的一块肉，可我们现在却总是对立着，送过去一个大大的"？"，还回来的还是一个大大的"？"。

孩子说：妈妈生下我就是为了让我没黑没白地读书吗？

妈妈说：我们小时候赶上了停课闹革命，想读书也读不成。

孩子说：我们像落在水里的树叶，在社会上漂来漂去的。

妈妈说：我们那时候是一颗螺丝钉，拧在那里就永远动不了了。

孩子说：都说我们赶上了好日子，可我们怎么就快乐不起来呢？

妈妈说：我也不知道。

命运是道难解的题，它的难度绝对超过哥德巴赫猜想。

我们讨厌那沉重的书包，可刚刚放下它，我们就漂了起来，人们管我们叫"漂一代"。

前方是什么？黑压压地冲过来……

这时，你还算从容，你也许会想到舒婷的《脱轨》："以不可思议的速度相撞，炫目的毁灭在眼前，却，始终未曾发生。"

我的一个忘年交大朋友告诉我，"命运"二字，应该拆开来解读——

什么是命？命是造物主的安排，由不得你选择，比如孙猴子从石头里出来，天蓬元帅投胎到猪妈妈的肚子里……命也是人生的起点，当你呱呱坠地时，是男是女，是美是丑，是来到朱门还是寒舍，任何人都没有力量左右它。

什么是运？运是人生的全过程，从起点到终点，标示着生命的运行轨迹。运是机遇之神，她青睐那些时刻准备着的人。

你准备好了吗？一个勇于向命运挑战的年轻人，一定能创造出青春的辉煌。

# 你该醒来，走出森林

小时候听妈妈讲过这样一个童话故事：

有一个小伙子，在森林里的大树下睡着了。先后路过这里的公主、国王和大盗，都被他俊俏的面庞所吸引。如果他醒来，美丽的公主想嫁给他，尊贵的国王想把王位送给他，邪恶的大盗想杀了他。可小伙子睡得很沉，他们都等得不耐烦了，悻悻地离去。

童年听这个故事时，没有听出什么特别的意思来。只是替那个小伙子着急，公主和国王路过时盼他醒来；大盗路过时，又害怕他醒来。

现在想起这个童话，觉得挺耐琢磨的。人生就像那个小伙子的经历一样，你总会遇上些什么，又错过些什么。

你也许应当遗憾，因为你与美丽和权力擦肩而过。

你也许应当庆幸，因为你躲过了杀身之祸，躲过了近在咫尺的灾难。

公主过去了，国王过去了，大盗过去了……对那个沉睡的小伙子来说，如什么也没有发生，只是在森林里睡了一个爽觉。

管它是好是坏，还是不要太在乎已经过去的事情吧。

有些人老是犯后悔，总是说，如果过去怎么怎么做了，现在一定会得到什么什么。其实，在人生的三岔路上，每一条路都有荆棘和鲜花，每一条路都有坎坷和平坦，机会与挑战并存，黑暗与光明交替。

一旦选择了，就不要犹豫。无论做了怎样的选择，都该走下去，做到底。

也许这个童话里有宿命的东西，有人就这样理解：同一个俊俏的小伙子，却可能遇上截然不同的命运，而命运是不可把握的。

能不能从积极的方面想一想呢？你不要躺着，睡着，梦着，你不要等待"天上掉馅饼"的好事。你该醒来，走出森林，用勇敢擒住大盗，用真情感动公主，用才能赢得国王的信任。

# 我们并不缺乏激情

我们并不缺乏激情，因为我们还年轻。我们年轻的心就像一眼旺泉，当一种激情消逝时，另一种激情便喷涌而出。

一位西方哲人说过："人的激情是四通八达的道路，条条道路通激情。"

对年轻人来说，激情其实就是青春之火。用激情点燃青春的火炬，即使在暗夜的旷野，你前行的脚步依然匆匆。

我们刚刚长大成人，我们涉世不久，我们一无所有。可我们拥有激情，这种激情就是追求的原动力，它像一只太阳鸟，从希望飞向希望。这飞翔的过程，就是我们的人生。

从一开始，我们就有一种错觉，以为我们头上的天空是那么湛蓝，那么晴朗，那么宁静，可刹那间的电闪雷鸣、暴风骤雨，让初飞的小鸟躲避不及。

我们年轻气盛，以为自己无所不能。当我们遭遇到种种挫折和磨难时，又会陷入痛苦的泥沼不能自拔。

我们还是赤条条的，没有名，没有利，没有爱情，甚至没有立足之地。

清点一下，你还剩下什么？还有一把破吉他，还有一块吃剩的面包。好了，那就到地铁的通道去，弹一支哀伤的曲子，用文明一点的乞讨方式来维护你最后的尊严。

当你得到一点施舍的时候，你该好好想一想：你是谁？你首先是母亲的孩子，你该知道如何去报答海一般深的母爱；你还是一个健康的成年人，你该知道如何去报效哺育你成长的祖国。

也许你很时尚很自我，穿着迷你裙加细高跟鞋，听着潮流音乐，凡是传统认为是对的，你就说那一定是错的。可你不是嫦娥，也不是生活在月球上，你是一个社会人。不管你叫它枷锁还是规矩，你得服从社会对于每一个人的制约；不管你叫它负担还是义务，你得承担起你的那一份社会责任。

儿时读《安徒生童话》，不知为那个卖火柴的小女孩儿掉了多少泪。我不甘心做一个"新贫族"，"零存款"、"住老宅"……就真的幸福吗？我觉得那是一种无奈。

在商业社会里，没有金钱、没有地位的人，能有真正的尊严吗？我真的怀疑。

然而，有了金钱，有了社会地位，却丧失了情义，又能有真正的尊严吗？我绝对怀疑。

对幸福的人生而言，名、利、情是一个结构稳定的三角组合，是完美的尊严宝鼎。如果你想得到它，不要企求命运的赐予，而应该扯起激情的风帆，驾青春之舟且作万里风浪行，你一定会成功的，人生的彼岸有你寻找的本该属于你的尊严。

# 希望是一只苦涩的青苹果

苹果是我儿时最爱吃的水果，可那时没有保鲜的条件，过了时令就吃不到新鲜的果子了。有一个夏日，爸爸带我去郊游，路过一处果园，看着苹果树上缀满的果实，我嚷着要吃。一位果农伯伯看我垂涎欲滴的样子，就摘了一只还没有成熟的果子给我，我接过来张嘴咬了一口，那味道是又苦又酸。果农笑着对我说："小朋友，心急吃不着甜苹果呀！"

我们还年轻，没有金钱，没有地位，两手空空。可我们谁都拥有希望。我认识许多来北京寻梦的女孩儿，她们即使躺在阴冷的地下室的木床上，也会进入金色的梦境。天亮了，她们泡一碗方便面，匆匆吃了，又去挤公交车，开始在皇城根下寻找哪怕是一个微乎其微的机会。

年轻人的梦就是憧憬，就是目标，就是追求。可寻梦的过程往往是漫长的、艰难的，希望是一只青苹果，甜蜜之前是酸是涩是苦。

那年的春夏之交，我去北京电影学院办事，正赶上导演系公布三试的名单。在看榜的人群里，我看到了一个熟悉的身影，没错，她就是魏敏芝，在张艺谋执导的影片《一个也不能少》里扮演过女主角。当她转身的那一瞬，我看到了她写满失望的面容，并在我的脑际久久地定格，然后又叠化成一只青苹果。我吃过青苹果，知道那酸涩的滋味很难受。听人说，今年导演系计划招收的名额只有十来个，报名的却有近千人。从一试到三试，再到最后发榜，绝大多数人短不了要尝那青苹果的味道了。

当你遭受一回挫折，你也许会抱怨，这回没希望了；当你精心编织的梦境完全破碎时，你甚至会沮丧地说：我这辈子都没希望了！朋友，你明白吗？梦境并不是现实，希望也孕育着苦涩。当你感到苦涩的时候，希望会告诉你，青苹果还在枝头接受着阳光和雨露，你必须像果农一样辛苦，在执著的付出中等待。只有永不放弃的人，才能收获金秋的硕果。

为了希望的等待是孤独和痛苦的，可等待中的宁静却是人生的一种美好境界，如同静夜里上弦的弯月。月有阴晴圆缺，读懂了缺憾，你才会更强烈地感觉到中秋皓月的圆满之美。当你排除掉世俗的干扰、物化的诱惑和杂念的纠缠时，你的灵魂会有一种凤凰涅槃的感觉，成功有时会不期而至。

# 放飞青春

　　在家里倍受宠爱的女孩儿，过去叫"掌上明珠"，现在该叫什么呢？我觉得该叫"笼中鸟"。鹦鹉也好，画眉也好，一旦成为笼中之物，无论主人多么宠爱它，都不能说它是幸运的；因为它们失去了飞翔的自由。

　　我们这些独生子女，早该"雏鹰展翅"了，可我们的爸爸妈妈就是不肯让我们"放单飞"。看着那无垠的蓝天，我们这些"笼中鸟"心里痒痒的。

　　回想我的童年，以至20岁之前的日子，我的妈妈总是在我耳边絮叨着两件事情：一是要听话，听家长的话，听老师的话，将来要听领导的话；二是要好好学习，上学学好功课，课外学好外语，练好钢琴。就这两件事，说得她老人家口干舌燥，听得我耳朵生了茧了。

　　直到我年满20岁后的某一天，我才听到埋藏在自己心底的呼声：飞吧！外面的世界更精彩。放飞青春，这是我的权利，也是我们所有年轻人的权利！

　　那时我在军艺读书，有一天，我们刚刚上完形体课，一帮只穿着练功衣的女孩扶着把杆神侃。一个女孩说她正在看《海蒂性学报告》，书里说"性爱是女人愉快、快感、满足和经验的来源"。另一个女孩提到弗洛伊德的性心理反应，她问我们："夜里梦到过你喜欢的男孩吗？"这样的话题让大家心旌摇曳，却又犯懵懂。当晚，我借来了一本弗洛伊德的《心理学》，还没看性心理的章节，却被弗大师关于人类内心自我世界的绝妙论述吸引住了。

弗洛伊德认为：人人都有本我、超我、自我这三种境界，而这三者的融合便形成了复杂的人格和捉摸不定的人性。本我是我们与生俱来的自然本能，具有自私的特征和动物性，藉此维护个体生命的延续和发展。比如人在饥饿状态下对食物的争夺，对一切紧缺生命资源的排他性占有；超我是人类在进化中依靠群体的力量脱离了动物界后所获得的社会属性，体现为超越本我、维护群体的一系列文明约束，比如道德规范、社会责任等；自我则是本我的潜意识，在人类文明的滋养和社会公德、法律的约束下形成的，是我们维护自身生命与权益的诉求。

自我是生命的灵魂，是青春的主旋律。一千多年前，当李白发出"天生我才必有用"的心声时，是多么的自信，个体的生命力蓬蓬勃勃。没有自我就没有群体，就没有社会，就没有人类，如同没有树木就没有森林一样。在自信的基础上，经过不断的自我完善，你就会实现自我价值，赢得自尊。

　　且不管妈妈怎么唠叨，还是倾听一下自我的呼声吧！对总是护犊子的父母说一声再见，让你的心泉沸腾，奔流。放飞青春吧，天好蓝，天好大，天好高……

# 朋友送我一尊不倒翁

情人节的前夕，一个朋友从香港回来，电话里说给我带回了一件不寻常的礼物。

我一直在猜，那礼物是什么？新款戒指，苹果手机，还是我喜欢的法国红酒？

在女人街的一家咖啡馆，我们相对而坐。他并不急着展示礼物，却给我讲起了郑明明创业的故事：

港报说，郑明明小的时候住在雅加达，那时她的爸爸在印尼领事馆工作。爸爸的办公桌上摆着一个不倒翁，明明经常推着玩。有一次，明明问爸爸："你也喜欢不倒翁吗？"爸爸这样回答："是的，我喜欢不倒翁的精神，跌倒了还会爬起来。"看着女儿似懂非懂的神情，爸爸接着说，"人生的路不会总是顺风顺水的，无论是事业，还是感情，都可能遭受挫折，如果有不倒翁那样的韧劲儿，你才可能会赢得成功！"

当时听了，明明还不大懂。到了1966年，她开了一家美容院，起初事无巨细，全靠自己打理。总算有些起色了，不料一场大火，把店铺烧得精光。突如其来的打击，让明明茶饭不思，沮丧的她在床上整整躺了三天。迷糊中天又亮了，明明忽然想起了爸爸关于不倒翁的那些话，于是恍然大悟，开始了自己新的生活。时隔33年，郑明明凭借不倒翁精神尽心打拼，不仅在演艺圈声名鹊起，还圆了早年的梦，成功地创办了蒙妮坦美容美发学院。

郑明明的故事让我沉思良久。是的，经历过失败才能战胜失败，不倒翁精神显示着顽强的意志，凝结着拼搏的甘苦，诠释着人生的经验，体现了健全的人格。

将杯中的苦咖啡一饮而尽，一抬头，看到的是朋友热切鼓励的目光，我顿时明白了他的一番苦心。当时我正在经营一家文化公司，初创阶段，困难重重，好几次我都想打退堂鼓。想来是这位朋友怕我半途而废，就特意把郑明明的故事讲给我听。

那一刻，突然想起小时候背过的一段古文："天将降大任于斯人也，必先苦其心志，劳其筋骨，饿其体肤，空乏其身，行拂乱其所为……"上苍做得对，对一个渴望成功的人，就该让他多吃些苦头，多遭些罪。像我们这些生在蜜罐里的"受宠的一代"，不经苦难，没有历练，肯定做不成什么大事。想做点事情，就该学学明明姐的不倒翁精神。

已是子夜时分，该回去了。我对朋友说："把你送我的不倒翁拿出来吧！"

我们相视一笑，会意的笑声很有磁性。

接过那尊不倒翁一看，憨头憨脑的，煞是可爱，我禁不住吻了它一下。

离开咖啡馆，当我将我的车子发动起来的时候，不经意间鸣了一下笛。也好，就算是对朋友致敬吧！望着朋友远去的身影，我想，我也会回赠他一份不同寻常的礼物。

# 你自己就是一种祝福

打儿时起，我就比较倔强，总有一股不服输的劲头，有些像男孩子。可在一些小事上，我不会锱铢必较，经常吃点小亏。有的玩伴觉得我有点傻，想起"吃亏是福"的老话，心里很坦然。因为这些，从一个小女孩到"长发及腰"，再到熟女，我总被周围的朋友视为一个有"个性"的人。

静下心来，我也会思考人生。我想，活在人世间，每一个人都有不同的人生道路，真的没有必要跟着别人的脚步赶路。在人生的旅途上，有时会独行，但大多的时候要与人结伴同行。同行并不意味着随大流，你要选择，与何人联袂？阶段性的目标是什么？在人生的转向处，你要去向哪里？总之，你要做出自己的选择。当你回眸人生的时候，一定要看到自己留下的脚印。事实上，我们能够送给世界的最好礼物就是真实的自我。越能够做真实的自己，你对生命的体验就越深刻。

我曾听过简妮的故事：那是简妮11岁时，在一个同学相聚的晚会上，她极度兴奋，变着花样和大家尽情嬉乐。她以为自己很棒，让聚会的气氛异常火爆，小伙伴们都惊呆了！但晚会结束后，老师却给她泼凉水，严厉地斥责她："你是不是太疯了，你难道不能像一个淑女的样子吗？"

实际上，我的性格与简妮像极了，兴奋起来，就会忘乎所以。在我们成长的过程中，常会遇到简妮遇到的事情，老师、家长，甚至还有同学，他们也许是关心你，也许只是在履行一种教育的职责，时常会扯着你，让你放缓脚步，或者停下来，甚至走一段回头路。在他们看来，遵循惯常的规矩很重要，最好少做与众不同的事，做了，就意味着"出格"，甚至"出轨"。我们在年少时，真的需要关于人生的指导，有时还需要引路人。但简妮老师的话意味着什么呢？它意味着简妮应该学会做一个温文尔雅的女人，即使是"装"，也要走"淑女"路线。可这样做的负效应是，简妮可能就此丧失自我，不再表达真实的感受，尤其是那些强烈的情感和奇特的思路，而是把它们统统隐匿起来。

我还听过艾迪的故事：有一个名叫艾迪的美国人，在出身高贵的妻子扶持下，终于事业有成，自己也跻身于上流社会。其实，艾迪与妻子貌合神离，私下里深爱着另一个生活在底层的女人。为了寻找真正的爱，他曾一度离家出走，但受到事业、金钱和家庭的多重压力，他又重新回到妻子身边，继续尝试着做一个恪守道德的好丈夫，享受已有的"荣耀"。最终，在一场突如其来的车祸之后，他下决心放弃虚假的生活，与相爱

的女人结婚生了。后来，他们在一个小镇上开了家杂货铺，艾迪还成为一个出色的作家。艾迪的人生感慨是：做真实的自己真好！

做真实的自己本来是天经地义的，然而，我们常常屈服于外部的压力，在"亚历山大"中丢弃了原本属于自己的真实。也许，做真实的自我真的很难。但无论如何，我们不能不在乎自己真实的感受，更不能在虚假中生活。

记得一位美国作家说过："你是人性大洋中的一道涟漪，在世界上引发着回响。"最后他放大声音说："你自己就是一种祝福！"这也是我要对每一个真实的人说的话："你自己就是一种祝福！"

# 学会笑对人生

　　有人风光无限，但也曾跌入过人生的谷底；有人落泊江湖，但也曾站立在荣耀的高地。未来如何？更是难以预知。灰姑娘可能遇到白马王子，座上客可能沦为阶下囚……法国作家萨克雷说过：人生好像一面镜子，你对着它哭它就哭，你对着它笑它就笑。

　　我在沈阳音乐学院附中读书时，对表演艺术产生了浓厚的兴趣。那年冬季特别冷，我却被一个消息点燃了希望之火。熟人告诉我，有一个八一电影制片厂筹备的电视连续剧正在招聘演员。这个剧组在沈阳铁西区，离学校很远，可我硬是冒着严寒，七扭八歪地骑着自行车赶去试镜。我其实不太会骑也不经常骑自行车。不料那天导演外出办事，满身冒着大汗的我白白跑了一趟。第二天，我顶着白毛风，再次赶到剧组。到现场一看，美女如云，根本轮不到我试镜。苦等了一个下午人都散了，我鼓足勇气对导演说："您可以给我一个试镜的机会吗？"导演面对一个倔强的女孩，只好应允过几天再说。又过了两天，我听说剧组已经选定演员，开机拍戏了。但我仍不甘心，又一次蹭车去剧组。路上我还在想，刘备三顾茅庐，我是三赴剧组啊！这一次，事情有了转机，导演对选定的演员不满意，准备更换主演，就让我试试戏。这一试，就成就了我这个不服输的倔丫头。

这段经历让我悟出，笑对人生实际上是勇敢者的人生姿态，你首先要勇于挑战自我，面对挫折也不能轻言放弃，相信自己会成为笑到最后的人。另外，做事要向好的方面去想。秉烛前行，前路就有亮色。

乐观看待人生的人，就会充满生活的热情。而热情是一种正能量，是一种催人上进的力量。

我曾在微信里看过一则段子：一个水手对他的朋友说："我的父亲和祖父都是水手，他们在大风大浪里闯荡，最后都死在海上。" 那位朋友惋惜地说："大海太危险了。"水手笑着问道："你爷爷死在哪儿？"朋友回答："死在床上。""那么你父亲呢？""也是死在床上。"

看过这个段子，你是不是有所感悟呢？请问："惊涛骇浪的大海和你家中温暖柔软的床，你怎么选择？"

乐观，是一种态度；热情，是一种力量。世间的每一个人，只要乐观、热情，就可以活出属于自己的精彩来，成为享受生活的艺术家。其真谛是：做你感兴趣的事，然后全力以赴。久而久之，你一定会创造出多彩的人生，并展现出独特的气质来。就说那个水手吧，大海一定承载着他全部的激情和梦想。和自己的父辈、祖辈一样，只有在海上他才能感到生命中的雄浑和伟力，他才能尽情地发挥自己的才干；也因此，在险象环生的大海上，会反而有了一份安宁。

## 美丽的心泉

有一种资源不能垄断，那就是快乐。

快乐可以延伸。聪明的人会把自己的快乐变成别人的快乐。

快乐可以持久。聪明的人会把今天的快乐变成明天的快乐。

# 给人一束玫瑰吧

美国一所大学的社会学教授做了这样一个实验：

他列了三个选项，要求学生们选择其中的一项进行捐助。一是非洲中部发生大面积旱灾，许多灾民面临死亡的威胁；二是学校里有一名优秀生，因无力负担学费，即将被迫辍学；三是购置一台复印机，放在公用场所供大家使用。

其结果是，85%的人选择购买复印机，12%的人选择资助那个同学，只有寥寥3%的人选择捐助非洲的灾民。

这个实验说明了，大多数人更关心与自己切身利益相关的事情。

在我居住的社区里，临时水井的水质没有达标，几乎百分之百的居民对此表示关切，采取了一致行动，督促物业管理机构很快启用了正常的供水系统。而垃圾点设置不合理的问题，因为利害程度不同，大家抱着"各人自扫门前雪，莫管它人瓦上霜"的态度，使得社区的卫生环境一直得不到改善。小区里贴出告示："禁止乱倒垃圾！违者罚款。"可总有些不自觉的人置若罔闻。

无私奉献固然高尚，但世上不可能人人都是雷锋。"雷锋叔叔哪里去了？"与其寻找丢失的崇高，还不如理智地引导人性。希望别人如何对待自己，自己就要怎样对待别人。首先不要做不好的事情。古人说得好，"己所不欲，勿施于人"。你若讨厌垃圾的污染，那你就要按照规定处理自己家里的垃圾，不要胡乱丢弃。然后要想着做些对你也有益处的好事。比如，制订并遵守卫生公约，参与清扫公共场地等。

前几天，我在小区看到了新张贴的告示："为了您自己的舒适，让我们一起来呵护美丽的家园吧！"一看，顿感春风扑面而来。这种人性化的提示，来得温柔，来得文明，也更有效果。

"我为人人，人人为我"。我觉得几十年前的这种提法很不错，又煽情，又符合人性。

给人一束玫瑰，会留下一缕芬芳。帮助别人，就是帮助自己。

# 走出囚禁你自己的城堡

都说我们这一代独生子女是"小皇帝"，周围的亲友都爱着，宠着，呵护着。可谁知道我们的痛苦呢？因为我们没有兄弟姐妹，在家里没有玩耍的伙伴，甚至没有人和我们争着穿一件漂亮的花衣服。

在很小很小的时候，我就趴在窗户上发痴地望那夜空中的小星星，望着望着，那些小星星就幻化成了一群孩子，在无垠的天空中嬉戏，追逐……长大了我才明白，那其实就是一种孤独。

孤独的人非常软弱。当你置身于人群的时候，不论面临什么困难什么危险，你都会有一种安全感，甚至激奋起众志成城的豪情来。小时候我很顽皮，经常和一群男孩子在外面"野"，溜冰，耍水，爬到树上掏鸟蛋，一副无所畏惧的样子。可当我被关在家里无休止地做作业的时候，无名的恐惧感会突然袭来，总觉得天花板会随时爆裂，裂开的黑窟窿里会伸出一双魔爪来……

我们这一代独生子女，得到的宠爱太多，受到的限制也太多。好多家长在对孩子交朋友的问题上过于谨慎，甚至吹毛求疵，他们事实上是把自己的孩子囚禁起来。我们为什么长不大？我们说话为什么还有奶声奶气的辛巴味？不要嘲笑那些嘴里还叼着奶瓶的女大学生，也不要抱怨

你的孩子常常弹着吉他偷偷流泪。我们自闭，我们孤独，我们傻傻的，可那坚实的城堡是大人给我们修筑的。我们走到哪里，大人就跟在哪里，我们坐在考场时，他们也会趴在校门的铁栅栏上死死地盯着我们。说不清他们是保镖还是盯梢的特工，反正让人不自在，所以我们老说"烦着呢"！

于是我们产生了逆反心理，抵触的方法就是把个人的内心秘密隐蔽起来，我们也用特工的办法对付家长，总是藏着，掖着，不停地转移那本带锁的日记本。

网络给了人类摆脱孤独的希望，可是虚拟的世界总归不是现实。你说："如果我有翅膀，我就能飞。"可现实是你没有翅膀，所以你也没有办法"轻舞飞扬"。

当我们真正走入社会，发现自己的心灵还被囚禁在城堡里，面对那么多陌生人和那么多新事物，又惊奇又害怕，无所适从。

人从蹒跚学步起，就需要他人的扶助。俗话说得好，"多一个朋友多一条路"。在充满竞争的现代社会里，多一个朋友，你就会多一份力量，多一些保障；人生也便多了一份温馨，多了一份欢乐。我们不能没有朋友，我们一定要走出囚禁我们自己的那座城堡！

交朋友，说难也难，说简单也简单。首先要学会观察，善于发现周围的好人，在交往中选择值得信赖的人，然后掏心窝子地去交流，同声同气，引为知己，善良为伴，与你同行。

当斗转星移、人生变易时，往往友情比爱情还要坚固。如果你有一些风风雨雨都不会离开的朋友，你就会与他们携手度过每一个春夏秋冬。

好的朋友是一面镜子，通过这面镜子你会不断认识他人，也会不断完善自我。友谊是一片星光灿烂的天空，紧紧地握住朋友的手，你会感觉到纯洁友情为你带来的无限愉悦。真诚是交往的名片，真诚待人，珍惜友谊，你会发现城堡外的世界好大好大，你人生的路越来越宽广！

# 用宽容搭起沟通的心桥

很长一段时间，我对"咫尺天涯"是这样理解的：与你过从甚密的女朋友，心与心的距离却很远。当我烦恼、郁闷，需要倾诉的时候，却信不过那些整天泡在一起的女伴。我们一起去购物，一起去健身，一起去喝下午茶，却不能真的讲心里话。有时，你的闺蜜是你潜在的敌人，甚至是埋在你身边的一颗"定时炸弹"。她会在节骨眼上夺去你的爱情，夺去你的一切。

琪和小娜是形影不离的好朋友，同在一家公司做事。一次，总经理要带琪去美国洽谈生意，因琪的护照被拒签，只好换成小娜同行。事后，琪得知都是小娜在办理手续过程做的鬼，她早已觊觎着琪在公司的地位，最后不惜投怀送抱，做了总经理的人。

听到和见到类似的事情，让我特别痛苦，难道茫茫人海里真没有一个可以引为知己的同性朋友吗？难道女人只能和同性敬而远之，非要到异性那里去寻找信任和慰藉吗？

我们不该偏激，不该因为有过小娜那样的叛卖就疑神疑鬼，就排斥和拒绝你所有的同类吧。没有友情的生活是暗夜，是地狱，孤独会像魔鬼一样一点一点吞噬掉你生活的乐趣。

你不能站在一个位置，用一种眼光看人。在自然界，再没有像人这样复杂的生命了。不同的人有不同的外貌，同一个人有不同的内心。理智与情感，责任与欲望，善良与邪恶……每个人都会在矛盾的旋涡中挣扎。女人也一样，有时会是天使，有时会是魔鬼。

我们应当站在正面去欣赏孔雀开屏的美丽，而不该躲在后面去偷窥孔雀丑陋的屁股。多看他人的长处，容忍他人的短处，你就会悟出与人为善的真谛，培养出和谐通达的人脉来。

嫉妒使女人变得丑陋，宽容使女人变得美丽。好女人受到伤害时也会难过，也会无奈，也会感到愤怒，但当她擦干伤心的泪水，坐在自己的工作岗位时，她的手指安然地交叉于膝上，眼眸依然明净，容颜依然安详，因为宽容使她的心境变得平静如初。她不会拿别人的错误折磨自己，更不会你不仁我也不义地施行报复。好女人会换位思考，设身处地地为对方着想，然后收拾起自己的委屈，给对方一个弃恶扬善的机会。

起初看《射雕英雄传》时，总觉得穆念慈的心太软，杨康那么坏，她还对他那么好，真是不可理喻。后来读到张爱玲的书，她说"因为懂得，所以慈悲"，这才恍然大悟，仁厚悲悯其实是一种很高的境界。

宽容是一座心桥，它会缩短人与人精神上的距离，它会让陌生的人成为朋友，它会让泛泛的朋友成为肝胆相照的知己。

# 学会容忍朋友的小毛病

翻开《论宽容的布道文》，西德尼·史密斯的话让我听了战栗："上帝是宽容的，人类却并不宽容；全能的上帝宽宏大量，虚弱的人类却锱铢必较。"

真该反省一下了，我们为什么没有朋友？或者有了朋友又渐渐疏远？

我们老是袖筒里揣着手电筒，光照别人，不照自己。夏初的一天，女友 N 约我去后海的一间酒吧喝下午茶。整整一个下午，她都在喋喋不休地数算着别人的不是——说 A 好像很够姐妹儿，其实你真遇到什么事情要她帮忙的时候，她准躲得远远的；说 B 平时很大方，经常请客，可一到了年终，就为了多拿些奖金争来争去的；说 C 精明能干，可就是太趾高气扬；又说 D 看起来文静，其实很风骚，暗里常给男人抛媚眼……我实在听不下去了，在她的眼里，鸡毛蒜皮都是事，根本就没有可交往的朋友。我断定，她要是和别人谈到我的时候，评价也不会好过 60 分。从那以后，我对 N 采取敬而远之的态度。

大千世界，茫茫人海，有幸结识某一个人，那也只有千万分之一，甚至万万分之一的几率，绝对是一种缘分。你要看重与你打交道的每一个人，多看他人的长处，以宽宏的气度去认识人，理解人，接纳人，这样的人不会没有朋友。而 N 太挑剔了，她不明白这样的古训："水至清则无鱼，人至察则无徒。"尖刻的人应该想一想，倘若别人也对你横挑鼻子竖挑眼的，你还会有那么完美吗？

人无完人。每个人都有两面性，只要他是真诚善良的人，你就该近距离接触，还要学会容忍朋友的小毛病。正确的交友之道是：和则众，争则寡；和为贵，孤为贱。和是一种不易达到的人生境界，也是一种交际艺术，内里体现着中国传统的伦理美学原则。

宽容是交际中的"太极功"，一招一式看似轻柔，却内蕴着以柔克刚的深厚功力。针尖对麦芒的结果往往是两败俱伤，而宽容却能感动人心，化干戈为玉帛，变隔膜为亲近，像诸葛亮 VS 孟获，七擒七级，最终使对方心悦诚服。

# 分享快乐

有一种资源不能垄断，那就是快乐。

这不止是我的看法，几乎所有的人都有同感。

分享快乐的距离很短，短到零距离——恋人在热吻时连那一丝唇线也融化在快乐中了；分享快乐的距离很长，长达 42.195 千米，就是马拉松赛跑的距离。

公元前 490 年，希腊军队在马拉松平原大败波斯侵略者，有一个叫菲迪皮茨的希腊士兵，从战场不停顿地跑到雅典，他把胜利的喜讯带给了同胞，自己却累死了。为了让人们分享快乐，他跑出了第一个"马拉松"，献出了自己年轻的生命。

为了纪念这一事件，1896 年在雅典举行的近代第一届奥林匹克运动会中，设立了马拉松赛跑的项目。

当我们享受快乐的时候，不要忘记那个年轻的希腊士兵。他用生命告诉我们：快乐应该分享。

双向的、多向的快乐才是真正的快乐。那一年，我考上了解放军艺术学院，当我接到通知书后，第一反应就是把这个好消息告诉妈妈。"妈妈，我考上了！"接着，我又把喜讯传达给所有关心我的亲友。那一刻，我觉得自己成了世界上最快乐的人。

快乐具有辐射性，经过辐射的快乐会被成倍扩大。在第47届世界乒乓球锦标赛上，王楠不仅在自己参加的所有项目中都拿了冠军，而且还囊括了三个女子项目的全部金牌。当她成为乒坛32年来世界大赛"大满贯"冠军第一人时，她想起的第一件事就是用手机向爸爸妈妈报喜，她要和家人分享胜利的喜悦。当国人通过电视屏幕看到王楠等人登上最高领奖台时，那欢乐的情绪立刻弥漫开来，960万平方公里的土地上都洋溢着欢乐。分享也是共享，共享的人越多，快乐指数越高。

有时候快乐具有私密性，比如初恋，你们也许暂时不想告诉任何人。但在公园一角的灌木丛里，在街畔某一根电线杆下，你和我，我和你，用火辣辣的眼光、不安分的手和纠缠着的唇舌，分享着爱情的快乐。如果只有一个人，便是暗恋，或是单相思，那就没有快乐，只有痛苦。

能够分享快乐的人，也能分忧。郁闷的人，有倾诉的对象，这郁闷就不会长久；碰到困难，有赐以援手的人，这困难就会得以解决。

快乐可以延伸。聪明的人会把自己的快乐变成别人的快乐，让快乐星火燎原。

快乐可以持久。聪明的人会把今天的快乐变成明天的快乐、永远的快乐！

　　分享快乐既是给予，也是获得。如果你领悟了其中的奥妙，你可以广交朋友，赢得尊重；你可以陶冶自我，愉悦他人；你可以用这把金钥匙打开人生的幸福之门！

# 听《慈孝曲》有感

那天已是子夜时分，躺在床上却了无睡意，我就打开微信，听一首新歌《慈孝曲》。夜深人静，声声听得入耳，句句听得暖心："慈孝参天树，美德枝常青""总是心田里成长，也在灵魂中生根"。听着听着，眼帘里浮现出父母慈祥的面容，想到许多难忘的往事，不由得眼眶也湿润了。

我国文献《尚书》，其首篇《尧典》里讲道："克明俊德，以亲九族。九族既睦，平章百姓。百姓昭明，协和万邦。"可见，从尧舜开始，我们的祖先就非常看重以血缘维系的家庭、家族。如何维系九族，乃至协和万邦呢？尧舜的治国战略就是"以孝治天下"。

在人类社会中，血缘关系具有不可选择性。每个人呱呱坠地，看到的就是娘和爹。所谓"百善孝为先"，正是从人性出发形成的道德观念。不妨看一下古文字"孝"的结构——上面是一个老人，下面是一个孩子。父母对孩子的舐犊之情，孩子对父母的依恋之爱，皆源自人之本性。与人性高度契合的孝文化，具有永不衰竭的跨时代的生命力。孝也是博爱的起点，所谓"亲亲而博爱"。"孝"延伸为"孝悌"，继而又从亲戚血缘关系扩展到邻里及至整个社会。因此也不难理解，爱国主义也是孝意识发展而来的符合逻辑的精神产物。

我国是在低收入阶段就进入老龄化社会的。说到"养老"，我们面对的既是家庭问题，也是社会问题。作家琴台说："人类向来是自上而下地垂爱毫无保留，由下而上的尽孝则浅尝辄止。"有关调查也显示，中国有近半数老人处于独居状态，其中多达3000万人缺乏完善的护理。在这种情况下，我们能不讲传统的孝道吗？即使是处于无奈，我们也还是要讲那些"乌鸦反哺""羔羊跪乳"的故事和其中的道理。

　　恪守孝道的中国人，无不重视家庭教育。无论是父亲还是母亲，都会自觉或不自觉地教给孩子一些为人处世的道理，而好的言传身教会令他们终身受益。老百姓说："严父出孝子，慈母生巧女。"梁晓声写过一篇文章，题为《父母是最朴素的人文》，文中叙述到，在闹饥荒的年代，作者曾偷过一位农村老大爷的一块豆饼，他的母亲严厉地教训他："如果你不能从小就明白一个人绝不可以做哪些事，我又怎么能指望你以后会是社会上的一个好人？如果你以后在社会上都不能是一个好人，当母亲的对你又能获得什么安慰？"俗语说："小时偷针，大了偷牛。"梁晓声大了没有去偷牛，而是以写小说为业，立志做"人类灵魂的工程师"，便是得益于早期的家教。这种家教都是建立在孝文化基础上的，具有朴

素的人文元素。我们从父母、从祖父母、从外祖父母那里，学会了善良、坚强，懂得了爱，养成了助人为乐的好品德。这就是人生最大的一笔财富。这种遗产，就是我们世代传承的民族精神，就是经典精粹在民间的活态存在。著名作家张炜曾感慨道，"而今再也没有躺在絮絮叨叨的外祖母身边的童年"，在那样的生活里，你听着老人们絮絮叨叨的故事，心灵虽然幼小却很充实，童年虽然稚嫩却很健康。面对着"被烟雾遮罩的星空"，张炜发出了愤怒的追问："美好的生存环境是怎样丧失的？"

那天夜里，我听了好几遍《慈孝曲》，临睡前又把这首好歌转发出去，并添加了我那一刻的想法："'孝'是中国人从小接受的文明洗礼，也是中国人心中的'道德长城'。"

# 节俭是一种美德

在我国古代社会，上有贤人倡导，下有民众践行，勤俭节约蔚然成风。现在整个世界都在讲节约资源，提倡过低碳生活；其实两千多年前墨子就说了："俭节则昌，淫佚则亡。"（见《墨子·辞过》）淫佚，意思是纵欲放荡。一个社会如果放纵物欲，其结果必定是礼崩乐坏，所谓："欲败度，纵败礼。"（见《尚书·太甲中》）儒家也同意墨子尚俭的观点，《论语》说："奢则不逊。"意思是惯于奢侈的人就会不守规矩，恣意妄为。对古代士人而言，节俭不止是一种生活习惯，更是君子砥砺品行的需要，如诸葛亮所言"静以修身，俭以养德"。老庄一派认为："道自微而生，祸自微而成。"好事要从一点一滴做起，几十年如一日，便可得道；而不拘小节者久之终会铸成大错。俗语说"小时偷针，长大偷牛"，还有一句"苍蝇不叮无缝的蛋"，掌权的官员若能俭以养德，扼制一己私欲，就不会被腐蚀被拉下水的。

《汉书·郦食其》中云："民以食为天。"老百姓都懂得，一饭一粥来之不易的道理。不止学术典籍，历朝历代的文学、文艺作品都在反复告诫人们："得粥莫嫌薄"（明·冯梦龙《古今小说·滕大尹鬼断家私》）；"贪多嚼不烂"（《红楼梦》第九十四回）；"人心不足蛇吞象"（明·冯梦龙《警世通言·桂员外途穷忏悔》）……在蒙学教材和谚语等俗话语系统里，表达和倡导节俭观的更是俯拾皆是，如：不贪意外财，不饮过量酒；色字头上一把刀；盗贼出于赌博；居家不得不俭，创业不得不勤；克勤克俭，成家立业；欲求温饱，勤俭持家；勤是摇钱树，俭是聚宝盆……说得更直白、指点得更具体的有：家有千金，不点双灯；一锅省米，两锅费柴；新三年，旧三年，缝缝补补又三年；大改小小拼大，破长衫改短褂……千百年来，中国人一直过着节俭的低碳生活；就是这短短二三十年，不少人忘记了古训，变得"物质"起来，甚至纵欲无度，成为为人不齿的"大老虎""小苍蝇"。

在古汉语中，"经济"这个词最早的意思是"经世济民"。因为资源有限，人欲无穷，所以当政者就要去管理有限的资源，满足人民合理的欲望。也因此，"经济"还有一个意思，就是"节省""合算"。我们现在提倡绿色经济、节俭生活，算是回到了"经济"这个词的本意。俗话说得好："少年勤储蓄，青年生力足，中年万事盛，老年全家福。"可知，节俭的人生也是幸福的人生。

我们老祖宗留下的节俭观，是一笔珍贵的精神财富，不论今后的生活多么富裕，我们也应该代代传承下去。

# 经典与生活的交融

我们的先人，对于人生的理解、对于宇宙的参悟，因为源于人民，传布于民间，传承于世世代代，所以能穿越时空，依然在我们今天的日常生活中熠熠闪光。历史与现实的交融，精英与大众的交融，经典与生活的交融，构成了中华文明的基本特征：古老而又年轻，深奥而又朴素。

在民间，儒学就是生活的儒学，让人从没有躯壳的游魂变得实实在在起来。朱以撒在其散文《在林莽中奔跑的野孩子》中说："国学的声音越来越大，似乎不读一点国学巨著都难以开口言说。我一直觉得每一个人，即使是文盲、黄口小儿，都置身于国学的汁液里，这个环境中的每一个人都懂得一些国学的道理。" 倪萍写她的姥姥，感动了很多人，白岩松说我们这个社会需要"姥姥精神"。倪萍自己的体会是，"就是知足，活得自由自在，做个不讨厌的人"；再就是"凡事下意识替人想"。"比如帮别人，姥姥说若只有一碗米，你给别人，自己饿着肚子，这叫帮人；若有一锅饭，你给人家盛一碗，那不是人家帮着你吃吗……她这些道理往深里讲是大道理，社会需要这些才会安定和谐；往小里说，过日子可不就是这样吗？"

我再举一个例子：一个农民，可能不识字，但一定是依照"二十四节气"

来进行生产、生活和文化活动的。似乎没有文化的人，过的却是一种诗意的生活。立春到了，母亲会给孩子腰间绾上一个绢制的春娃，表示美好的祝福；惊蛰到了，小孩子会沿着自家田地的田埂，敲着铜铃唱道："金嘴雀，银嘴雀，今朝我来咒过你，吃我家谷子烂嘴壳。"希冀地里的庄稼能获得丰收。夏至到了，巧手的姑娘会将自己编织的彩带系在心上人的手臂上，名为"长命缕"；秋分到了，孩子们会拎着"兔儿灯"祭拜月神；大雪到了，孩子们会在雪地里堆雪人、滚雪球、打雪仗……在我国，二十四节气不仅是古人用来指导农事的补充历法，也体现了农业社会的生活方式和民情风俗，显现了中国人的宇宙观和人生哲学，具有很高的文化价值。

出生于新疆的当代散文家刘亮程在答记者问时说过："中国的传统文化主要沉淀在乡村生活中，我的老家在甘肃金塔，到老家村庄我才感到儒文化的体系在一个个家庭里完整保留着。最简单的一个事，吃饭时老人坐上席，按长幼大小往下排，长者先动筷子，吃菜不能把筷子伸到别人那边去夹菜。这些，村里小孩都知道。"这些规矩，是祖祖辈辈传下来的，就是所谓的"长幼有序"。到老百姓嘴里，是这样教育孩子的：

"不能没大没小。"说得直白，道理是一样的。刘亮程还认为，"不孝有三，无后为大"，看中的是血脉相传，生生不息，没有生命的传承，谈什么文化的传承呢？他说："祖先千辛万苦把血脉和文化传到你身上，你若不往下传，一切都白费啦。"

并非宗教的儒学，之所以在中国绵延流传，就是因为它创造了中国人的生活方式，并赋予其人生意义。学者崔大华在《儒学的根本价值》一文中指出，"儒家生活中的人生意义空间由三个维度支撑"。一是平凡生活，关键词是"希望与责任"。以家庭为中心的日常生活是儒家生活的基本方式，也是我们每一个人都会经历和拥有的。父母对子女有"慈爱"和养育的责任，子女对父母有"孝顺"和抚养的责任。二是追求崇高，关键词是"成人、成仁和不朽"。儒家为平凡人生留下了提升的空间。一个人长大成人了，并能践行"仁"的国家伦理，他就有了更高的追求，可以为集体、为民族和国家做出自己的贡献，通过"立言、立功、立德"这三个路径，让个体生命获得更高的价值，所谓"人皆可以为舜尧"，就是这个意思。三是经历苦难，关键词是"磨练"。经历苦难，就是人生的一份历练，自然也是人生一份难得的精神财富。

我要总结的是，儒家思想就活在我们每个人的日常生活和生命经历中。

# 爱护大自然，是你我的天职

俗话说："兔子不吃窝边草。"如果你仔细想想，这就是兔子的生态观。它们保护窝边草，就是为了保护自己身边的绿色环境，借助草丛的遮蔽还可以避免外敌的侵袭。连兔子都有环保意识，都不做急功近利的事情，尊为万物之灵长的人类真该反省一下自己的行为了。

生态学术研究中有一个概念叫"邻避主义"，意思是，任何人的生活都会产生垃圾，但却没有人愿意让垃圾紧邻自己的住所。国外学者认为，中国天人合一的智慧可以破解这个难题。天人合一，就是世俗中的人，努力使自己的行为符合自然的原理，并最终达到天人合一的境界。今天，我们应该重新认识天人合一的精神价值，引导人们与自然和谐相处。

人类应对大自然保持感恩之心。费尔巴哈说过："凡是有一点生气的宗教，都会把它们的神灵搬到云端，搬进太阳、月亮和星星里去。"为什么人类迷恋和崇拜日月星辰等光亮的天体？因为光明的天体类似充满活力的生命。特别是太阳，因为阳光普照，万物才得以成长，它是自然界的主宰。还有水、土地、空气，这些哺育生命的事物，都是人类感恩和崇拜的对象，也是民间文化反复表现和讴歌的对象。

夏威夷是东西方文化的交汇地，多元文化让这里风情万种，其民间

文化也是色彩缤纷。热情好客的夏威夷人，身穿印着植物图案的"阿洛哈衫"，遇到客人就会道一声"阿洛哈"（Aloha），这句话涵盖了中文"您好""谢谢""再见"等多种语义。夏威夷的周五是"阿洛哈日"，每到这一天，人们会戴上花链（Leis），快乐地在大街上穿行。给人的感觉是，在夏威夷，每一个人、每一棵树、每一只鸟一样，都是大自然的一部分，不分彼此地享受着阳光、空气和水。我问过不少人，为什么喜欢夏威夷？大家的答案几乎都是一致的，就是为了亲近没有被污染的大自然。的确，夏威夷碧蓝的海水、白银般的沙滩、徐徐吹拂的海风，以及与大自然融为一体的夏威夷人，真的让人流连忘返。我们不难明白，为什么载歌载舞的经典影片《蓝色夏威夷》会诞生在这里。

我们知道，大自然是我们人类，也是其它生物赖以生存的家园。本来，大自然是一个最丰足的资源宝库，如果没有人类非理性的活动，自然界生态系统中的物质与能量总是永续循环的，废弃物并不存在，一种生物产出的好像没有用的东西，正是另一种生物可以利用的资源。由于我们人类企图利用自己超强的智慧掌控大自然和自然界的其他生命，结果遭到了大自然的无情报复，正在恶化的环境为我们敲响了警钟！我们人类必须深刻反省过去的行为，认真研究世间万物共存共荣的关系，把大自然当成老师，认识自然规律，从中学习让文明永续发展的智慧。

根据全球治理委员会的定义，环境善治是各种公共和私人机构与个体采取联合行动来管理环境公共事务的方式，是以协调、信任、合作和互惠关系为基础的促进生态文明的动态过程。在环境善治的过程中，政府要面向公共生态福祉做出选择，个人也要为此做出贡献。

记住！爱护大自然，是你我的天职。

# 我们愧对动物

得闲时，我喜欢重看老片子，尤其是那些经典影片。今年只看了三部老电影，其中就有法国电影《虎兄虎弟》。在我看来，这部片子有一种直击人心的艺术震撼力。

我为一对野兽落泪了吗？当库玛尔与松嘎在斗兽场上骨肉相认时，面对皮鞭、棍棒、枪口，这一对虎兄弟不畏淫威，毅然罢斗。那一刻，两双虎眼深情对视着，水一般柔，眸子里闪回着儿时往事，泪光晶莹……我的价值判断在顷刻间被颠覆了：兽性与人性，孰善孰恶？是我们人类搅扰了湄公河丛林的宁静，入侵了松嘎它们这些原住民的生存空间。当人类成为自然界的巨无霸时，威名赫赫的兽中之王——老虎也难逃被追逐、被杀戮的厄运。想想那对虎哥俩被追捕的镜头吧，烈火、噪音、枪弹……蛮横的围猎者无所不用其极，令曾经威风过的老虎走投无路，它们惶然惊怖的神情，似乎在无奈地诅咒世界的末日。其实，人类毁灭其他物种的行为不啻自戕，我们愧对老虎，愧对我们欺凌过的所有动物（想想，也该包括被我们蓄养的"宠物"），也愧对我们自己。

从那个叫瑞德的西方人身上，我们看到了人类自己的虚伪和卑劣：当他的枪口对准松嘎老爹老妈的时候，他也撕下了绅士的伪装，什么作家、探险家、"打虎英雄"？分明是入侵者、劫掠者、杀戮者。所幸人性还以童真的状态存活着，从地方行政长官的儿子、小男孩哈尔那里，我们找寻到了人类本真的东西。对那些有权利、有知识、有人生阅历的成年人来说，哈尔的一言一行都具有一种反讽意义。在对人与虎关系的认识上，谁幼稚，谁深刻？其实是错位的。儿童的眼睛没有被贪婪所遮蔽，所以距离真实很近。不要阻挠哈尔与松嘎做朋友，不要毁坏动物赖以栖息的家园，《虎兄虎弟》的故事告诉我们：在大自然为我们提供的生物圈里，人类、老虎，所有有生命的东西，都有生存的权利。在影片的最后，瑞德放下了杀戮的枪，拿起了警世的笔。——这个外国佬在印度支那的探险经历，是我们人类同动物交往的一段缩影，真实而生动。

我很佩服拍摄《虎兄虎弟》的法国导演，不知道他是不是一个绿党人？如果是，那绝对是环保人士值得炫耀的人才。相关题材的影视作品越来越多，但很少有做得这么牛气的，那两只老虎真算得上是影片的主角，演技高超，那细致入微的悲情表演更是疑人所为，虎乎，人乎？实在是人虎难分。打通人兽之间情感交流的鸿沟，让老虎乖乖地按照导演的意图演绎故事，真的是匪夷所思。我若是奥斯卡奖的评委，一定会给这哥俩和它们的导演投一票的。

影片结束时打出字幕：100 年来，亚洲虎由 10 万只减少到 5000 只，又回升到 3 万只。透过冰冷的数字，我们看到的是人性的异化与回归。不要让虎兄虎弟成为难兄难弟，是每一个有良知者的责任，包括你我他。

# 热情是生活的种子

　　有这样一位老妪，平素过着节俭的生活。在她 77 岁那年，代理人通知老人，其银行存款已经达到百万美元。从年轻时起，老人就热心于公益事业，作为不改初衷的志愿者，她的大半生都在做服务性的工作——17 岁时，她就跑到遥远的波兰，教边远乡村的孩子学英语；多年来，她一直做社区大院的义务门卫，为孩子们提供各种便利；到了古稀之年，她还在芬兰的一个乡村滑雪场服务；76 岁时，还执意参加灾难联防队，赶赴豪斯顿地区参加抗洪抢险。这位老人对花钱购物的兴趣不大，她最想做的事，就是帮助需要帮助的人。

　　我觉得，这位老人虽然过着简单的生活，但却充满了色彩。尽管个人的能力有限，但她却尽其所能地帮助别人。是的，我们是该踏踏实实地去爱孩子，用自己的微薄之力去帮助孩子们。读了她的故事，我真想给她写一首赞美诗。她就是一轮小太阳，用她的善良与热情发光发热，给无数人的生活增添了希望的亮色。我不止要向这位老人致敬，更要向她学习。

　　这些年，我把许多精力放在了公益和慈善事业上。我还年轻，每当我懈怠的时候，我就会想到那位老人。老人似乎与我相识，我会在想象中看到她慈祥而坚毅的目光，听到她在我耳畔叮咛："姑娘，做你应该做的事，永远不要退缩！"

我国的"十二五"规划建议中有这样一段话："提倡修身律己、尊老爱幼、勤勉做事、平实做人，推动形成我为人人、人人为我的社会氛围。"无论是西方还是东方，都会奉行"不可取消的原则"：那就是珍惜生命，正直公平，言行诚实，相敬互爱。基础就是两位哲人的教诲：一是孔夫子的"己所不欲，勿施于人"；二是耶稣的"无论何事，你们愿意人怎么待你，你们也要怎么待人。"二者相辅相成，简言之，就是"我为人人，人人为我"。

热情是生活的种子，我们每个人都应当向老人那样，对周围所有事情都充满热情。无私帮助别人的人，是从来不求回报的；但生活的规律有点像玩回力球，你把它们抛出去，它们又会弹回到你的身边——这就是"善有善报"。

# 从"捐你妹"说起

那一年的 7 月 21 日，北京暴雨成灾，郊区许多村庄灾情严重。北京市民政部门在其官方微博中发出倡议，希望市民捐款救灾。让人始料不及的是，网上竟然蔓延开来一种消极的情绪，短短几天，民政部门就收到了数万条回帖，都写着三个字："捐你妹！"在之后的新闻发布会上，一位红十字会的官员表示，不知道"捐你妹"是啥意思？网友调侃说，"不懂吗？叫郭妹妹给您老解释一下。"

原来，因为郭美美事件，严重影响到红十字会的声誉，人们对慈善管理机构存在不信任感，甚至产生抵触情绪——你倡议，我偏不听！

在这件事情上，我不想评价孰是孰非。我想说的是，做义工也好，做慈善也好，不仅需要有一颗仁爱之心，还需要坚毅的品格。如果你在做好事的过程中，因为遇到不公正不合理的事情，你可以大声疾呼，相信邪不压正；但绝不能因为阳光下的阴影，就止步不前。要相信，穿过阴影，前路依然是一片光明。

我们可以说"捐你妹"这样的话，也有权利要求民政部门和慈善机构依法办事，杜绝借慈善之名谋取私利的丑行，但我们不能因此冷了自己的热心肠。一个人做一件好事不难，难的是一辈子做好事。所以我要说，仁爱也需要坚毅的品格。你要用心去爱，倘能惠及他人，就默默地去做，认真去做一些小事情。

## *D*

## 做个好女人

你最喜欢什么花？我说是冰凌花。
当它们突然开放的时候，在奉献美丽的同时，
也展示了自己的顽强和自信！

# 开了，那一朵冰凌花

　　一位南方的朋友问我：你最喜欢什么花？我说是冰凌花。她听了感到惊诧，因为她没有见过这种能在冰天雪地里开花的植物。

　　在我们东北老家，冰凌花有许多好听的名字，什么冰里花、冰凉花……后来我才知道，它的学名叫侧金盏花，是多年生的草本植物。早春时节，寒冷的北国依然是冰封雪飘，但就在森林的边缘地带，或是向阳的山坡上、山脚下，急于迎春的冰凌花却在凛冽的寒风中勃然怒放。那金黄色的花朵像一个个小小的酒盏，在奉献美丽的同时，也展示了自己的顽强和自信。

　　说到冰凌花，我自然会想到一件童年的往事：那是一个多雪的冬天，我从少年宫学琴归来，在路上拾到一只皮手套。天气好冷啊！呼一口气，眼前便是一片白雾。我想：丢手套的人一定很着急，于是就停下来，手里挥动着那只手套，不停地叫着："叔叔，阿姨，谁丢了手套？"喊累了，我还不肯走，一直站在路边的雪地里等待失主。大约过去半个多钟头，还是没有见到失主的影子，我又冻又饿，就想把那只手套放在显眼的地方，离身回家。可仔细一想，天都要黑了，失主要是来了也看不到手套呀。这样一想，我就决定继续等下去，时不时还扯着小嗓子喊上两声。因为没有按时回家，妈妈心急火燎地找来了，她见到我的样子，心疼得要命。

问清缘由后，妈妈没有责怪我，连忙用她的风衣把我包裹起来。这时走来一位年轻的叔叔，连声夸我是个好孩子。他建议我们不要再等了，把手套交给附近路口的交警。分别的时候，这位叔叔蹲下来吻了吻我冻得通红的小脸蛋，接着把一束鲜花塞到我的手里。

不用我说，你们都会猜到，那是一束冰凌花。你说，我能不喜欢冰凌花吗！

# 栽下一棵幸运树

达·芬奇学画是从画鸡蛋开始的。我呢，是从画树开始的。

我小时候画的树，根深叶茂。可它的果实不是梨，也不是苹果，而是我希望得到的每一件东西，比如彩球、花书包、滑冰鞋、汉堡包、芭比娃娃，甚至还有钢琴。有一次爸爸出差去了，很久没有回来，我很想他，就把爸爸画在了树杈上。

爸爸回来后笑着问我："你画的是什么树？"

我一时回答不上来。但我知道，这棵树常常出现在我的梦里。

稍大些过圣诞节，发现我画的树有点像挂满小礼物的圣诞树。但圣诞树上没有钢琴，也没有爸爸。

有一次随着妈妈去书店，看到一本女作家小河写的童话，书名叫《幻想树》。对，是幻想树，我画的那些树就是幻想树！一幅一幅的图画，组成了我的幻想的森林。

长大了，我在城市的丛林里穿行，寻寻觅觅的，就是找不到我梦里的那棵幻想树。

城市的表情严酷而呆板，城市的土地坚硬而狭窄。这里的每一棵树，甚至每一茎草，都有围栏，都有标牌，都有主人。

我想到了那句老话："一分耕耘，一分收获。"不管你有多么美丽的幻想，如果自己不努力，你什么都得不到。幸运只垂青那些有准备的人，你想得到幸运的眷顾吗？那就必须自己动手，栽下一棵属于你自己的幸运树。

根深才会叶茂，你一定要把幸运树栽在水土肥美、阳光充足的地方；也就是说，你首先要寻找和创造适合你的生存和发展环境。而栽种和哺育幸运树的过程，也就是你确定目标后为之不懈努力的全过程。浇水，施肥，剪枝，喷药……你可要小心呵护你的幸运树啊！我们应该明白：其实幸运就把握在我们自己手里。

北京的秋天很美，秋天里的树很美。有人欣赏西山红叶，可我最喜欢的还是八达岭山洼里的柿子树。挂了霜的柿子，红得朦朦胧胧的，像有几分醉意。采果子的姑娘，脸上挂着幸福的笑容。

你要是也爱那硕果累累的收获季节，那就早点栽下自己的幸运树吧。

# 你我他，都是风浪中的小船

小时候，我们谁没有捉过迷藏呢？

那时，我害怕那块黑手帕。当小伙伴们用那块黑手帕把我的眼睛蒙住时，我就有些恐惧。只是一块手帕，就能把光明挡住，让我看不到蓝天、绿树和五彩缤纷的鲜花，还有我那些熟悉的小伙伴。

头一次被蒙住眼睛的时候，我吓得哇哇地大哭起来。幼儿园的阿姨问我为什么要哭？我告诉她我害怕失去眼睛。

读小学的时候，有一次我们和聋哑学校的小朋友联欢，想不到的是，这些残疾孩子比我们兴奋得多，他们的舞姿更轻盈，他们的琴声更欢快。

我在想，也许正因为他们是残疾人，他们才更热爱平凡的生活。

在我长大的那个城市，有一个和我年纪相仿的男孩子，他聪明好学，是学校里的全优生。不幸的是，上初三的时候，他被确诊为白血病患者。让我们感动的是，他一边看病，一边学习，竟然以高分考上了重点高中。但让我们悲伤的是，当那张录取通知书送到病床的时候，他已经离开了这个世界。

我在想，正因为这个男孩得了绝症，他才更珍视生命的分分秒秒。

人们总是轻视已经拥有的东西，而希望得到自己还没有的东西。对那些你该在意却没有在意的东西，只有在你不经意间失去它以后，你才会掂量出它的价值，才晓得它是多么宝贵！

那个患了血癌的男孩，心灵是美好的，可他的生命却那么短暂。可也有一些身体健康的人，心志却不健全。如果你是一个身心两健的人，你真该感到幸福了！

在生活的海洋里，你我他，都是一只小船。风平浪静时，满载着欢歌和笑语、理想和憧憬，轻快的小船一路向前。可当暴风雨来临的时候，一切便不那么美妙了，颠簸于涛峰浪谷间，小船在拼命挣扎，样子极其狼狈。

风起了，浪来了，问一声：谁来弄潮？

健康的身体是船桨，美丽的心灵是船舵，把好舵，奋力划桨，青春之舟就不会在风浪中搁浅、触礁、颠覆。

# 不变的绿色

问问自己，你是一个多愁善感的人吗？

树叶黄了，草地黄了，风卷着干枯的叶片吹来……深秋时节，你是否有过莫名的忧伤？

残阳西下，鸟雀归巢，黑暗铺天盖地而来……黄昏时分，你是否有过瞬间的迷惘？

随着时序变迁，大自然会不断变幻颜色；随着生命节律，青春地带也会不断变幻颜色。

如果说忧郁是黄色的，那么欢乐就该是绿色的。在我们的青春地带，有鹅黄，有鸭绿，更多的是黄绿之间的渐变色。

黄色和绿色很靠，忧郁和快乐也挨得很近。即使是一个快乐的女孩，时或也会心绪不宁，那一刻像是做错了什么，像秋风扫荡，绿意葱茏的心田竟变得枯黄起来。

忧郁的颜色透露着生命的两条信息：一条告诉你，你累了，该歇一歇了；另一条告诉你，你有些迷茫，该清醒一下了。

如果你能敏锐地感知心理颜色的变化，当忧郁袭来时，你就会及时启动心理调节系统，在你的青春地带洒下希望的阳光和爱的雨露。

青春的年华不该虚掷。掸去你屋角的灰尘，打开你久闭的窗户，把那喝空的啤酒瓶子全都扔出去，请阳光和空气进来！

　　绿色的青春不该泛黄，不该枯萎。冬雪覆盖不住希望的萌芽，消融了的雪水反而会滋养你的生命。当春风吹来的时候，你就去耕耘，你就去播种，你就去铺红叠翠。

# 女人，管好你的嘴巴

　　女人，管好你的嘴巴，贪嘴容易瘦身难。这是另外一个话题，现在要说的是，有教养的女人不能口无遮拦，逮着什么说什么。

　　在社交场合，如果你的话不着调，令人反感，还是少说为佳。

　　女人不该说哪些话：

　　要避免讲粗俗的话。比如"他妈的""狗屁"这些粗话，男人说说，还有几分草莽气，不打紧的。而到了女士口里，立马一副泼妇嘴脸，实在要不得。如今时髦讲"荤段子"，女人听听也倒罢了，可不能不分场合地"贩卖"，否则连粗俗的男人也看不起你。文明的女人应该把骂骂咧咧的话扔进垃圾堆里去，包括那些俗气的口头禅和语言习惯。

　　要避免讲幼稚的话。张口"哇噻"，闭口"帅呆了"，还有"好炫"、"真萌"什么的，倘在少男少女中间讲讲，还算合拍，也显得有朝气。可到了公司、机关，还是这一套，人家就会反感，觉得你幼稚冲动，不够成熟。应聘时依然如此，十有八九要触霉头的。

　　要避免讲傲慢的话。女人应该有几分骄矜，但骄矜不是傲慢。如果你老是说"你懂不懂""还是我告诉你吧""你一定要听我的"这些话，同事听了会觉得你狂，情人听了会觉得你不像"淑女"。你也许并非目中无人，只是嘴上要强，但别人会觉得你狂妄自大。

要避免讲矫情的话。一不能言不由衷，你本来觉得女友性格孤僻，却当众夸她"人很随和"，大家便会觉得你是讨好卖乖，甚至是别有用心。二不能故作真诚，动不动就表白"说句实话""我真的不骗你""我从来不会讲假话"。日久见人心，用不着自己给自己打保险。三不能明知故问，你明明知道女友失恋了，却假惺惺地去问："他真的甩了你了吗？"好像你是在幸灾乐祸。

要避免讲含混的话。话到嘴边留一半，吞吞吐吐，不明不白，让人如堕五里雾中，弄得疑神疑鬼的。这样的女人，让人觉得不可信。真有说不清楚的话，索性不说为好。

女人，管好你的嘴巴。最紧要的是不能搬弄是非，最让人不齿的就是长舌妇！

# 女人：沉默如金

我问过许多男人，你们最讨厌什么样的女人？

许多男人说他们最讨厌在公众场合像青蛙一样聒噪的女人，如果那女人又有一副尖利的嗓门，那可真是晦气。

我问过许多男人，你们最喜欢什么样的女人？

大多数男人说他们喜欢娴静的女人，她们像月夜一般美丽而又静谧，带给你的却是抒情诗般的激情。

真的，"沉默如金"是上帝对女人的箴言。

高贵的女人气定神闲，无论讨论什么话题，也无论参与讨论的是什么人，她们都懂得什么时候出声，更懂得什么时候收声。她们出声时，红唇微启，像泉水在岩石上汩汩流淌；她们收声时，秀眸含情，像无语的音乐在撩拨心弦；收放之间将那妇人的优雅演绎得淋漓尽致。

贤惠的女人是一幅墨色淡淡的风景画，连最小的细节都透着内敛的秀美。她们用眼睛来观察周围的一切，也用眼睛来表达自己的感受和情绪。她们不会喋喋不休，因为她们知道没有内容的话语无异于哗哗流逝的河水，何必无端去扰人清净呢。

你如果是无知的女人，更要明白"沉默如金"的道理。你可以什么也不懂，但你必须懂得缄口的重要，你什么也别说，做出倾听的样子，大多数男人会因此迷惑，认为你很内秀，符合他们小鸟依人的标准。

女人没有必要和男人争夺话语权，尽管让那些自命不凡的男人去夸夸其谈吧，侃那些乱七八糟的。你只须保持你那份美丽，你那份高贵，你那份贤惠，男人注定会被这样的女人征服的。

# 做个美女挺好的

好像美人总是和哀愁联系在一起:

"玉容寂寞泪阑干,梨花一枝春带雨。"形容杨玉环啼哭时像一枝带雨的梨花。

"过雨樱桃血满枝,弄色奇花红间紫。"形容崔莺莺哭了一夜之后的容貌……

绝色美人往往受到命运的作弄,王昭君远嫁匈奴王,杨贵妃丧命马嵬坡,还有那命比纸薄的林妹妹,以及美国的性感宝贝梦露,英国的太子妃戴安娜……

一句"红颜命薄",道破了无数佳丽的悲惨命运。

美丽是一种危险的资源。如同核燃料,可以用来造核弹,也可以用来发展能源工业。在商品社会,美丽也成了生产力,选美的舞台是用金钱垒成的。美女作秀,为的是吸引眼珠,进而掏你的钱包。色贿赂,色权交易,色财交易,美丽的背后也有丑恶。

可无论如何,你不要说"红颜祸水"的话。我对历史的结论是:美丽无罪!

做个美女挺好的,你一定不能辜负造物主的慷慨赐予。但你一定要做一个清醒的美女。有人说,美丽是人生的陷阱。为什么?人生最致命的敌人，不是妒忌你的女人，也不是觊觎你的男人，而是你自身的弱点、过度的欲望。你那么漂亮，那么爱虚荣，人家就利用这一点，送你鲜花，送你赞美的语言，让你堕入五里雾中，以为自己是公主是女王，可以为所欲为。当你昏昏然的时候，危险正一步步临近。从这点上说，是你自戕美丽。

智慧的美女完全可以把握自己的命运。因为你是美女，你就必将面对嫉妒的目光、诽谤的流言、物质的诱惑、男性的争夺。鲜花开放在荆棘丛里，彩虹出现在风雨之后，为了迎接一个个挑战，美女需要有比常人更多的人生智慧。

如果你是美女，请不要相信"红颜命薄"的宿命，不要蹙眉，不要叹息。

你该迎着太阳微笑。让过路的人们回头看看：那个姑娘好漂亮！

只要你始终清醒着，懂得去克服自己的弱点，愿意和朋友共享美丽，美丽的你也一定能拥有一个美丽的人生。

# 扎起心田的稻草人

庄稼快要成熟的时候，农人会在田里扎起一个个稻草人，还给它们戴上草帽。贪吃的鸟雀成群结队地飞过来，一看到稻草人，便四处逃散。

这法子虽然古老，却很有效。当代交通管理部门仿而效之，在事故多发地带竖立起不少绘有警察形象的牌子，用来警示那些漫不经心的司机。

在我们每一个人的心田里，也该扎起稻草人来，以便随时阻止邪恶念头的滋生。这个稻草人的名字叫作"善良"。

我们还在读书的时候，心间就像一块长满禾苗的农田，绿油油的，平展展的。因为庄稼还没有成熟，也就没有什么诱惑，心里很静。同学间的玩笑和偶尔发生的恶作剧，像微风吹来，正好让禾苗舒展一下。

可当我们跨进社会的门槛，像是到了稻熟时节，收割的，拾田的，还有那些贪吃的鸟雀和田鼠都来了，静悄悄的心田立刻变得热闹起来。这时候，你的心中如果没有稻草人，你就挡不住贪欲的诱惑和形形色色的入侵者。

"人类的仁慈总是混合着虚荣、利益和其他一些动机。"这话没有错。如果你能利己，也能利他，你就是一个善良的人。实际上，就像一枚硬币的两面，每个人都有善良和不善良的双重性。善与恶是可以互相转化的，有人放下屠刀，立地成佛；有人步入歧途，腐化堕落。

　　骑着小毛驴悠哉的时代早已一去不返，花花世界，物欲横流。仅仅独善其身是不可能的，你必须与善的恶的或是也善也恶的人打交道。记住，以善为立身之本，宽以待人，广结善缘，你就会守住心里的净土，得以善始善终。

# 把心中的魔鬼打入地狱

你去过江西的三清山吗？

远看三清山的神女峰上，有一个女性端然而坐，手中捧有数枝青松，与她相对的是一条巨蟒。

当地人告诉我，女神和巨蟒分别代表善良与邪恶。

其实，我们每个人心里都有一座神女峰，有女神，也有巨蟒。

馨在电视台工作，是一档少儿节目的主持人。她年轻、漂亮、开朗，从外表看来，绝对是一个阳光女孩。可馨周围的人却说，她的性格反复无常，就像草原上的天、小孩子的脸，说变就变。馨的男朋友对她的评价是：半是天使，半是魔鬼。

真正的天使我们谁都没有见过，可我们都见过天使的雕塑。不论是带翅膀的还是不带翅膀的，即使在晴天丽日之下，她也会有阴暗的一面。

人心也是如此。不论你多么善良，多么阳光，也难免有阴翳之处。

魔鬼的面目也不都是狰狞的，也许他的样子很和善，尤其是当他试图侵入你的心里时，总会乔装打扮一番。可当他打开你的心扉，就会像蟒一样缠住你，沮丧、颓废、犹豫、怯懦、懒惰、贪婪、猜忌、嫉妒、狭隘……变着花招乱你方寸，搅你清净，让你变得人不人鬼不鬼的。

年轻人的心有时非常脆弱，那些黑暗的东西总是让你神不守舍，使你的心神有些游移。面对前路，你始终无法锁定目标，哪里才是彼岸呢？

　　人就是一个矛盾体，最初的状态是自己和自己争论——我们叫"考虑"。考虑的过程就是"打架"的过程，为了一个小问题，两种甚至好几种观点各执一词，唇枪舌剑，弄得自己犹豫不决。如果在大是大非的问题上你被心魔蒙蔽，你就会走上斜路。

　　古人早就明白这个道理，曾子讲的"一日三省"，就是自我警觉，清理门户，防止魔鬼侵入。

　　如果魔鬼已经进入你的心间，你就该清肃内奸，把魔鬼打入地狱！

　　风平才会浪静，雨歇才会虹现。把魔鬼打入地狱之后，你的心境才会明媚，你的生活才会美好！

# 不要让情理错了位

我的一条座右铭是：做事讲理性，做人讲感情。

这句话也可解读为"认真做事，宽宏待人"。

我有一个女朋友，典型的东北人性格，豪爽、大方，善于交际。当初她来北京投资时，大家都说她适合开饭馆。她觉得也是，于是就开了一家"黑土地"酒家，蛮有地方风味的，开张后很火。可过了不到半年，她就收摊了。原来上门吃喝的大多是老乡和朋友，她磨不开面子，总是不好意思结账，愣是叫朋友们把酒家给吃垮了。

我还有个老乡，人很精明，也开了一家饭馆。由于经营得当，生意一直不错，赚了不少钱。可他是个铁公鸡，一毛不拔，不仅没有朋友，最后同合伙人的关系也搞僵了，窝里斗的结果自然影响了经营，他开的饭馆也关门了。

这两件结果相同而原因不同的事情给了我许多启发——

你要做事情，就得讲理性，守信誉，按游戏规则办。事关利益和责任，一要有合约，二要有公证。即使是熟面皮，也要"好朋友清算账"，丁是丁，卯是卯的，马虎不得。

你要交朋友，就得讲感情，重义气，肯付出，必要时还要慷慨解囊，

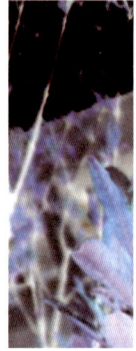

两肋插刀。这样才可能交到可交之人，找到知己朋友。

我说的那两个人，一个凭感情做事，一个为人太苛刻，理性和感情弄拧了，难免失败。

感情用事，常常一败涂地；斤斤计较，也难交挚友。

朋友就是朋友，最好不要掺和着一起做生意什么的，搞不好理性、感情一错位，不仅弄得反目为仇，还会把事情搞糟。

当然，如果真的是志趣相投，能够像桃园三结义的刘关张那样"有福同享，有难同当"，朋友们一起创业、一起奋斗也挺好的；可合作时千万不要忘了这句甘苦之言："做事讲理性，做人讲感情。"

# 懂得人情的粉红女郎

.

在我的公司里，有好几位和我年龄差不多的女孩儿。来自苏州的林娜生得细皮嫩肉的，说话的声音也异常悦耳，男同事都厚着脸皮唤她林妹妹。

林娜是狮子座，有着浪漫的幸运色：粉红。看了陈好演的电视剧，大家又叫她"粉红女郎"。

别看林娜弱不经风的样子，在所有的售楼小姐里，她的业绩最好。林娜在望京有一套复式结构的房子，每天开着她那辆蓝色的奔驰跑车上下班。

林娜的过人之处在哪里呢？同事们说法不一。

有人说因为她漂亮，那些有钱的男人怜香惜玉，愿意和她打交道。

有人说因为她嘴甜，再挑剔的客户也会被她说得没有二话。

有人说因为她幸运，总能碰上那些能够迅速做出决定的爽快的买主。

…………

有一天，离下班还有一个钟头，客户主管小王神色匆匆地向我请假，像有什么急事似的。等小王说出请假的事由，我禁不住乐了。原来他说好要为新婚不久的妻子做一顿饭，想赶在妻子回家前把饭菜准备妥当。

在场的人都觉得好笑，几个饶舌的小姐还七嘴八舌头地笑话起小王来。只有林娜在一旁沉思，见大家闹起来，就催促着小王赶快离开。

我注意到了这一个细节，并由此发现了林娜成功的秘密：在和客户接触的过程中，她懂得动之以情。比如，下雨的时候，她会撑着伞一直把看房的客人送到可以避雨的地方；冬天，她也会踩着厚厚的积雪把资料送到客户手里；她会带着一个芭比娃娃出其不意地来到某个客户的生日晚宴上；甚至会帮着出差的客户缴纳水、电、煤气、电话费，接送在寄宿学校的孩子……

林娜说：最珍贵的东西就是看起来很普通的人情。

## 情有千千结

女人的花心就是爱情的秘籍，
读懂它的男人一定会找到中意的红颜知己；
女人的花心就是美丽的约会，
读懂它的男人也许会采到一枝别样的玫瑰。

# 为了爱，剪去你的长发吧！

　　我喜欢欧·亨利，不为别的，就因为他在《麦琪的礼物》里给我们讲述了这样一个爱情故事：新婚不久的吉姆和德儿贫困潦倒，除了德儿那一头美丽的金色长发，吉姆那块祖传的金怀表，他们一无所有。但他们彼此相爱，关心对方胜过关心自己。明天就是圣诞节了，小两口都惦着给心上人准备一份礼物，可又钱囊空空。琢磨来琢磨去，吉姆悄悄卖掉了自己心爱的怀表，买了一套漂亮的发卡，想送给德儿配她那一头金色的长发。谁知德儿却剪掉了心爱的金发，用换来的钱为吉姆买了表链和表袋。当他们相互交换圣诞礼物的时候，才发现表链、表袋和发卡都派不上用场了。

　　我一直觉得，在我听到过的爱情故事里，它是最美丽的。故事虽然简单，却有一种凄凉之美。

　　按照"纳什均衡理论"的逻辑，即便是出于无私爱心的利他主义行为，也可能事与愿违，双方的利益反而受到损害。"麦琪困境"说明，无论对方选择付出还是不付出，个人的最佳选择都是付出，然而这并不是对大家都有利的选择。

　　这套逻辑在经济学上是有价值的，可它却是冷冰冰的，它谈"博弈"，谈"均衡"，却把不可估价的感情抛在了一边。

如果我是德儿，面对出乎意料的结果，可能会有些遗憾，但遗憾之外更多的是满足，因为我们失去了长发和怀表，却得到了无价的爱情！再说，有了钱可以去买更贵重的怀表，剪短的头发还可以长出来。从情感层面上说，发卡和表链、表袋依然是最贵重的礼物。

爱情不能算计。为了你的吉姆，不要犹豫，剪去你的长发吧！

# 女人的花心像静夜的风铃

花心的男人好像很有女人缘。

花心的女人有没有男人缘呢?

我问过一个花心的男人:你喜欢花心的女人吗?他毫不掩饰地告诉我:花心的女人有味道,但我不会娶她。

我又问那些举止有度的男人:你喜欢花心的女人吗?他们顾左右而言他。在我一再的追问下,只好承认风骚的女人会让他们魂不守舍。

由此我得出一个结论:女人一定要花心一点儿。但花心的女人不能像花心的男人那么显山露水。

女人的花心该是含蓄的。藏七分在内,露三分在外。若隐若现的乳沟,不经意间的一个媚眼,还有言谈中的某种暗示,都会撩拨起男人的情欲。

女人的花心该是自然的。是春兰,你就放出你的清香;是秋菊,你就放出你的幽香。没有矫揉造作,更不会放浪形骸,只把自身的美丽原样展现出来。

女人的花心该是有分寸感的。该舒展时风情万种,该收敛时沉静贤淑。像摇曳在静夜的风铃,叫人怦然心动而不躁乱。

女人的花心就是爱情的秘籍,读懂它的男人一定会找到中意的红颜知己。

　　女人的花心就是美丽的约会，读懂它的男人也许会采到一枝别样的玫瑰。

# 圣诞礼物：一个特别的吻

大约在我六七岁的时候，妈妈送了我一本画册，上面有西方过圣诞节的内容。

圣诞树、蜡烛、小铃铛、火鸡、苹果饼……我立刻被这些好玩好吃的东西迷住了。于是我问妈妈："那位白胡子老爷爷会给我送圣诞礼物吗？"妈妈说："会的，只要你好好地学琴。"我又问："咱家没有壁炉，也没有烟囱，白胡子老爷爷从哪里进来？"爸爸插嘴说："从窗口。"

我记住了圣诞节的日子。到了平安夜，我特意拔开了窗户的销子，等着圣诞老人的降临。等着等着，眼睛也睁不开了，就迷迷糊糊地睡着了。那一夜，我真的梦见了圣诞老人，只不过他长得非常像我的祖父。早上醒来，我意外地发现枕头边上有一只鼓鼓囊囊的长筒袜。啊！一定是圣诞礼物。倒出来一看，果然是花花绿绿的糖果。我高兴得拍起手来，拿起一块糖果一看，包装纸上印的是汉字。我疑惑地对爸爸妈妈说："怎么是中国糖？"爸爸连忙解释："圣诞老人怕你吃不惯外国的糖果。"

为了圣诞节的礼物，我在学习上越来越刻苦，钢琴也有了很大的长进。从此，有心的妈妈每到圣诞节就会准备一番，早早地在窗户上挂几棵自制的圣诞树，天一黑就点着蜡烛，然后让我在钢琴上演奏平安夜快乐歌曲！

16 岁那年，我漂到北京。这里的年轻人喜欢过洋节日，到了圣诞节，结伴去泡酒吧，还有去教堂的。可我却感到失落，因为没有人送我圣诞礼物。那架驯鹿驾驭的雪橇不见了，那个圣诞老人不见了，我的童年梦想消逝在过去的冬日……

在纷纷扬扬的大雪里，今年迎来了一个白色圣诞节。好几个朋友邀我参加聚会，我都婉拒了，只想早些回家，陪陪男朋友。让我惊喜的是，一进门，就看见墙上挂着一串串的小灯，客厅中间立着一棵约摸一人高的圣诞树，桌子上摆着生姜饼干和糖块搭起来的小屋子。我高兴地走到圣诞树前，在花花绿绿的装饰品里找到了一张会唱歌的贺卡，上面写着："亲爱的小雨，圣诞节快乐！"底下的署名是"你的圣诞老人"。按照贺卡上的图标，我又从床下、衣橱和房间的各个角落，找到许多礼品。让我爱不释手的是一个手工制作的军舰，上面刻着"小雨号"的字样。我太激动了，我的那个"他"帮我拾起了童年的记忆，也懂得我"海天追梦"的情结。

门铃响了，我的"圣诞老人"回来了，他的手里拎着大大小小的食品袋，风雪衣上缀着晶莹的雪花。我不待他放下东西，立刻扑上去送给他一个热吻，然后宣布："这是我给你的圣诞礼物！"

# 夜半铃声

这些日子很是郁闷，懒得搭理任何人。可到了公司，你总不能在上司和同事面前绷着脸吧。白天的时光还算好捱，因为你有做不完的工作。可一到夜晚，当你被无边的寂寞笼罩的时候，你会有失魂落魄的感觉。那一刻，你最想做的事就是抓起床头的话筒，和你惦念的人煲煲电话粥。

但你往往找不到倾诉的对象，因为你不知道他们听了会怎么样？有些话不能和父母说，他们听了会为你操心，再说代沟就横在你们之间，很难找到共同语言；有些话不能和女友说，别看她们和你好得亲如姊妹，转过身去也许就是另一副面孔；有些话不能和同事说，因为他们往往是你的竞争对手，正想打探你的虚实呢；有些话不能和熟人说，如果让他们知道了你的隐秘，真不知道他们是忌妒是鄙夷还是幸灾乐祸……这时候，你会想到你所惦念的"那个人"，可你刚刚拒绝过他，你说你烦，想一个人静静地待着，你拒绝和他共进晚餐，拒绝他送你回家，甚至无礼地挂断了他的电话，还把他发来的问候信息又搂了回去。真不知道你为什么要那样做，本来你是感到寂寞的，本来你想偎依在他的怀里的，可你却完全违背了自己的真实想法，反而摆出一副冷若冰霜的样子。

夜深了，万籁俱寂，惟你躁动不安。你把床头的话筒拿起又放下，不知该不该主动打个电话过去。你把关闭的手机又打开，想听一声那熟悉的嗡嗡音。可夜如死水一般，沉寂无声。你憋得慌，甚至喘不过气来，于是披衣下床，拉开窗帘，打开一扇窗户，张大嘴吸吮着户外清冷的空气。当你再次躺下来的时候，依然是辗转反侧，难以入眠。夜更深了，你感觉长夜漫漫，没有尽头。等待，等待，等待夜半铃声。"此时有声胜无声"，哪怕能够接听一个陌生人打来的骚扰电话，你也会感到幸运，即使是轻佻的话，也能抚慰你焦灼的内心。

夜半铃声终究没有响起，当东方出现一片鱼肚白时，你终于决定"缴械投降"了。当你拨通了"那个人"的电话时，你已是哽咽无语。

# 禁果该不该吃

有一年，我到一个朋友家去参加情人节派对，几个年轻人忽然争论起来，争论的问题是，当初亚当和夏娃偷吃了伊甸园里的禁果，究竟是谁的主意？多数人认为是亚当受了夏娃的挑唆，理由是女人摆脱不了情欲的控制。

你看过罗丹雕塑《夏娃》的摄影图像吗？图中的女人如同一个年轻的农妇般健壮，可她的神态又是那么懦弱，生命的活力与畏惧感交织在一起，仿佛陷入了命运的罗网。看过那图，觉得夏娃像是背负着原罪的重压，活得实在不轻松。

是谁先提出要吃那禁果的？我觉得也该是痴情的夏娃。因为我相信：如果女人没有了情欲，春天就不会有鸟声，夏天就不会有蝉鸣。

的确，女人爱上一个男人后会变得很傻。像列夫·托尔斯泰笔下的安娜一样，把她所爱着的渥伦斯基当成了"整个的生命"，投入了自己所有的情感。而对方虽然也爱她，可与自己的事业相比，爱情不过是"金山上的一粒金沙"而已。

安娜的悲剧也是多数女人的悲剧。我的女朋友琳是那么贤惠，那么温柔，当她死心塌地地"嫁作商人妇"以后，却被又有了新欢的老公弃之如敝屣，说拜拜就拜拜了。

多情反被无情恼，自古以来多怨女。女人为情而生，为情而活，甚至为情而死。白居易写的《长恨歌》，实在是美化了唐明皇，说什么"在天愿为比翼鸟，在地愿为连理枝"，在生死关头，还不是让一个弱女子独自赴死了吗？还有林黛玉，"眼空蓄泪泪空垂，暗洒闲抛更向谁"，那爱情祭坛上的呻吟叫人闻之心碎！唐明皇、贾宝玉还算是有情人，女人见到的，更多的是负心郎。

女人没法不怀疑男人。我的不少女伴说，她们老在问自己："床边睡着的男人可靠吗？"

女人总是幻想，总是期待，也总是对爱情保持着新鲜感，像一位女诗人说的那样，"在这里，第一次望着你的眼睛听你说那个秘密的话题，第一次让你握着手细辨命运的掌纹，第一次站在你的背后看你完成一首诗，第一次同你在站牌下等同一辆车，第一次拿钥匙打开那扇属于我的门……"

女人傻就傻在多情上，她们无法实现情感与理智的平衡。

上帝将人分为两性，是一个巨大的贡献。《新编女儿经》说："人两性，分男女；无尊卑，合为璧。曰阴阳，同呼吸；曰乾坤，共天地。"如果说"女人是男人的一半"，当然也可以说"男人是女人的一半"。有了男女之别，才有了人类的繁衍和进化，才有了社会的文明和进步。

上帝在赋予人类理智的同时，也给予人类情感。可我总觉得，上帝没有均分，他给男人的理智多一些，而给女人的情感多一些。

女人不能没有情感。一个没有情感的内心世界，是没有绿色的荒漠，是冰冷的极地。美好的情感会让女人变得更加自信和美丽。

女人也不能没有理智。一个没有理智的内心世界，是杂乱的仓库，是遭受地震的灾区。健全的理智会让女人变得更加成熟和高贵。

情感保鲜是女人的绝招，继续你的"第一次"吧，但我要提醒我的姐姐妹妹，当你"第一次拿钥匙打开那扇"属于你自己的门时，你拿出来的该是一把"理智的钥匙"。这样你就不至于老是问自己，"床边睡着的男人可靠吗？"

禁果该不该吃？让情感和理智商量着办吧。记着，爱情来临的时候，理智千万不能缺位。

# 树叶要掉的时候

深秋了，凉风飕飕地刮来，不时卷起路面上的几片落叶。

在三里屯的一间酒吧，我与女友琳相对而坐，默默地看着窗外的秋景。

琳被老公甩了，心情很差，最近我总是陪着她来这里打发时光。

看着琳越来越憔悴，我真不知道该如何劝她。琳和她的老公一直挺好的，天热的时候，小两口还一起去养马岛避过暑，怎么说离就离了呢？

我知道琳非常爱她的老公，在她的心里，老公就是天空，就是大地。老公弃她而去，就如天塌了，地陷了，她不知道该向谁去求救。

我突然想起史泰龙说过的一句爱情箴言："谁若动了真情，迟早会受到伤害。"想着，想着，我的心也战栗起来。

酒吧里忽然响起丁薇唱的歌："树叶黄了，就要掉了，被风吹了，找不到了……"抬头看琳，她轻声跟着哼唱，嘴角在微微抽搐。不一会儿，琳大滴的泪珠掉下来，落入她眼前的高脚酒杯里。

我还是不知该怎么劝她。这时候我想起一件往事——

在军艺读书的时候，有个男生失恋了，整天把自己关在宿舍里喝闷酒。我们女生都很害怕，担心会发生意外。有一天，这位男生突然走出宿舍，把一个空酒瓶子高高地抛向远处，然后没事似的走回到同学中间。

后来这位男生告诉我，是杂志上登的一个小故事，帮助他走出情感泥沼的。

我仿佛忽有所悟，立刻从皮袋里找出纸和笔，把这个故事写了下来——

有一天，一个姑娘在林荫下哭泣，这时一位哲学家走来，关切地问她："你怎么了？为何哭得如此伤心？"姑娘呜咽着回答："我的男朋友变心了，他伤透了我的心！"不料这位哲学家听罢哈哈大笑，并说："姑娘，你真傻！"姑娘撅着小嘴说："你怎么这样，我失恋了，已经很难过了，你不安慰我就算了，怎么还笑话我。"哲学家回答她说："傻瓜，这有什么可难过的啊，真正该难过的是他！"姑娘不解，一双黑眸在泪眼里打转儿。哲学家解释说："因为你只是失去了一个不爱你的人；而他却失去了一个爱他的人。"

琳看完这个故事，端起酒杯，将杯里掺着她的泪水的红酒一饮而尽。"我们走吧。"琳说话的时候很平静。

# 皱纹是有过笑容的地方

在冯小刚的电影《手机》里，那个叫费墨的男人，本来想搞点婚外恋，却被老婆发现了，于是向严守一诉苦道："在一个床上睡了二十几年，总是有点审美疲劳。"男人掌握着话语权，这么说听着挺幽默的，其实还是在为花心的男人辩护。

从女人的角度来看，即使你的老公年轻英俊，健壮威猛，情歌唱得比张信哲还好听，拳脚功夫比成龙还了得，20多年过去，年轻的也该老了，漂亮的也该丑了，强壮的也该衰了，与他厮守的女人也会有审美疲劳的。更不用说，女人还有带孩子的疲劳，做家务的疲劳，家里家外、生理和心理的双重疲劳。

疲劳就是累。在竞争越来越激烈的社会，男人活得累，女人也活得累，大家都想活得轻松一些。不同的是，男人总想摆脱身边的女人，寻找新的刺激；而女人却总想拴住身边的男人，维持旧的秩序。

男人有了"审美疲劳"，就会产生新的"审美冲动"。于是有了《手机》里那些花心男人的种种小把戏。面对男人的"疲劳"，不少女人害怕因色衰而情绝，于是和自己的身体过不去，拉皮除皱，抽吸脂肪，隆乳丰胸……为了留住青春和美丽，花上大把的钱跑到韩国去忍受痛苦。即使这样，靠整容还是拉不住男人的心，还是消除不了男人的"审美疲劳"。

我还年轻，搞不懂中年女人为什么活得那么累，为什么总是担心会被抛弃？他不在乎你，你干嘛在乎他！当我真正走近她们时，我有点理解她们了。她们该付出的都付出了，青春、美貌和心血，在过去的家庭生活里，她们的心里只有老公和孩子，惟独没有自己。如果这是一场赌局，她们把自己的一切都做了赌注，如果输了，就输了个精光！

和我一样年轻的姊妹们，要及早把握你的命运。面对来自男人的诱惑，你要冷静，要有眼力。海伦·罗兰说过："一个姑娘生命中最艰巨的任务就是证实男人的意图是严肃的。"

恋爱对于女人而言，几乎等同她的生命，她选定的男人如同是她的上帝；而多数男人则把恋爱看作是一种生活经历，不同的女人可以满足他们不同的需求。也就是说，男人的"审美对象"往往是不确定的，具有多样性的特征，否则就会感到"审美疲劳"。

一般说来，女人在有了一个男人后会越来越热；而男人在得到一个女人后会对她逐渐冷落。女人的爱情是一条线，一头拴着自己，一头拴着自己所爱的男人；而男人的爱情是一个车轮，自己是中间的轴，许多女人围绕着他辐辏而聚。

俗话说人老珠黄，自然法则是不可抗拒的。有自信，有知识，有独立的经济和社会地位的女人，才会赢得男人的尊重，才能成为男人眼中的"常青树"。

马克·吐温说过，皱纹是曾经有过笑容的地方。好男人看重心灵的美丽。有一次，我去参加一对老夫妻纪念金婚的晚宴。红蜡烛燃起的时候，那个白发苍苍的老先生深情地拥抱住也是白发苍苍的老伴，旁若无人地吻了又吻，然后又挽着老伴走入舞池，跳起了欢快的华尔兹舞。见此情景，我们这些在场的年轻人羡慕死了。有人问那位老先生，为什么对妻子如此一往情深？他说："在我眼里，老伴就是太阳，每天都是新的。"

觉得老婆每天都是新的，还会有"审美疲劳"吗？没有，有的只是"审美愉悦"。

# 爱情周期律

一般说来，"爱情周期律"分为六个阶段，从情话的嬗变上便可看得清清楚楚：

先是谎言。说一些老套或新潮的情话，也许是从《情话大观》里背会的，也许是从电视剧里学来的；有的单纯，有的缠绵，有的肉麻。最典型的还是千古不易的那句话："我爱你！"对方的回答照例是："我也爱你！"本是用来蒙哄对方的，说得多了，也欺骗了自己，于是两人一起跳入美丽的陷阱，进入初恋阶段。

接着是呓语。恋爱了的男女智商变得低下，时常用梦魇一般的话语虚构未来，双方似乎心灵感应，高度默契。其实永远是"同床异梦"，梦是不会相同的，硬是把不同当作相同，这便是热恋的标志。

再接着是疯话。像疯子一样，失去理智和自控力，轻易地做出承诺，甚至以自己的生命为赌注，说大话，说空话，说没边没沿的话，头脑绝对发烧发昏。幸好是疯子说给疯子听，而且是咬耳朵话，听不出什么破绽来。但有些话会牢记心底，会作为日后情变时指责对方负心的证据。此时，两个疯子用疯话把恋爱合力推向高潮，进行零距离接触。

之后是儿话。感情开始降温，理智有所恢复，但还像小孩子一样，一时恼了，一时又笑了。相互不停地使小性子，猜疑、忌妒，不停地摔醋坛子、泼脏水，又不断地讲和，破涕为笑，重归于好。如此进入时好时坏的怪圈，离不开，见不得，爱伴着恨，恨源于爱，爱情出现危机。

继而是无声。吵累了，懒得再争辩；吵烦了，懒得去搭理；懒得分出个子丑寅卯来，在平静中渐渐疏远。时而也凑在一起，可见着更烦，没话。

最后是恶语。终于在沉没中爆发，两人都变成了"愤青"，过去看对方是一千个好，现在看对方是一千个坏，都觉得自己当初"瞎了眼"，上了贼船。

年轻的朋友，如果你不想做一个俗人，就试着摆脱这种"爱情周期律"吧。

# 婚姻像玩跷跷板

萍和琳都是我要好的女友，后来她们先后嫁了人。不过有些不同：琳找了一个经营房地产的老板，结束了寄人篱下的生活，从胡同里的姨妈家搬出来，成了一套花园豪宅的女主人；而萍本人有房有车，她刚刚装修好的复式结构的宅子成了新房，一个贫困潦倒的画家以新郎的身份住了进来。

萍是地道的女强人，刚来北京时一无所有，现在开了一家饭馆，还办起了广告公司，据说年收入不下 60 万，而她的财富目标是 8 位数。她的观点是，女人在经济上独立了，才能找到真正的爱情。她的那位其实是个流浪汉，在碰见萍之前，居无定所，甚至还饥一顿饱一顿的。可在萍的眼里，他的老公就是未来的毕加索，她并不是头脑发昏养小白脸，她是在囤积居奇，储备财富。可我知道，萍虽然精明过人，却不懂那些现代画。事实也是，她老公的作品有价无市，没有卖出去一张。朋友们对她的婚姻都不看好，私下里说，总有一天，萍会让她那个后脑勺上留着马尾辫的"闯入者"打起铺盖卷滚蛋的。

不幸而言中，前不久，我们听到了萍离婚的消息。确切地说，是萍赶走了那个流浪画家。可令大家惊诧的是，琳也离婚了，又和她的姨妈做伴去了。据说还是琳主动提出离婚的，而且不在乎索要任何补偿，只求男方尽早同意离婚。

琳在我们这帮女友里是脾气最好的一个，温柔恭俭让，绝对的淑女。她早先的观点是，找个能依靠的老公，就是女人的幸福。她本来有一份薪水不菲的工作，出嫁后，就辞了职，一心一意伺候老公。那时候，我们见到琳的时候，她的脸上总是泛着幸福的光彩。到后来，我们发现她似乎有些疲惫，甚至见到过她蓬头垢面的样子，可她从来没有提起过家里有什么不快的事情。怎么说离就离了呢？

前几天，琳请我们一起喝咖啡。一向沉静的琳，向我们讲述了自己婚后的种种经历。那些恼人的事多如牛毛，我只在这里转述一件：琳的婆婆病了，琳每天都去医院陪床。一天夜里，婆婆醒了，说是想喝羊肉羹。琳连忙回家煲了羹送来，婆婆尝了一口嫌膻，不大高兴。琳的老公知道此事后大发脾气，竟对琳说了"你靠我们家养着，还不听使唤"这样的话。

婚姻有点像玩跷跷板，两性应当寻求动态中的平衡，一头重一头轻就玩不爽。

女人不能太强，休想借着你的强势主宰你的老公。一个甘于吃女人饭的男人，没有阳刚之气，没有自尊，也没有地位。这种缩头乌龟，没人看得起，最终也包括他的太太。而控制欲强烈的女人，会失去阴柔，也就是女人味。即便你十分优秀，甚至有三头六臂，男人也会对你敬而远之的。萍的遭遇就是一个有说服力的例子。

女人也不能太弱，一味顺从也未必总能拴得住男人的心。女人大多喜欢小鸟依人的感觉，偎依在健壮男人的怀抱和臂弯，会觉得安全和满足。但你不能产生依赖感，不能安于笼中生活，该飞翔时还要飞翔，不然你的翅膀将会退化。不少女人渴望在生命的某一个驿站等待一个可靠的男人，她们孜孜以求的，不是自身的成功，而是对方的赐予。这种想法，其实是把女人当成了男人的附庸，也是对自身价值的自我剥夺。当你完全丧失了个性，你还用什么来吸引男人呢？那时你会变成一个大包袱，无论多么宽厚的肩膀来承载，都会感到沉重。琳的故事告诉我们：女人当自立！

婚姻有点像玩跷跷板，有了坚实的爱的支点，还应该有均衡的爱的力量。

# 该单飞时就单飞

"在天愿为比翼鸟"——白居易《长恨歌》里的诗句感动过一拨又一拨的男男女女,这似乎是千年不易的爱情誓言,够经典的。

无论现在的婚礼如何前卫,如何时尚,主持人和来宾的祝词里还是少不了宋丹丹对赵本山说的那些话,"咱俩人恩恩爱爱,比翼双飞"。

在痴情女人的幻觉中,双飞的状态无比美妙:天天陪伴着一个人,居也依傍,出也牵手,真正的形影不离。你时刻想着一个人,也希望对方时刻想着你,两人的心里充满没有一星半点杂质的恋情爱意,几乎滴水不漏。

可是在现实的爱情生活中,却很难出现这样的状态;即使出现了,也无法持久下去。

事实上,这样追求完美的过程常常演变为两个人的战争,限制与反限制,挣脱与反挣脱,由小小的摩擦到剧烈的冲突,向心力变成了离心力,最终可能是反目为仇,比翼双飞变成劳燕分飞。

一个有过如上经历的女人对我说,你爱的人和爱你的人,不是别人抢走的,而是自己"推"出去的。"你懂吗?有时候,'拉'就是'推'。"经历了爱的创痛,这位朋友明白了爱的哲理。

前些日子，我看到一篇文章，里面有一段话挺精彩的，"占有与爱情，容易混淆也容易区分：占有是剥夺，爱情是给予；占有是缰绳，爱情是草原；占有是鱼网，爱情是大海；占有是封闭型的，爱情是开放型的。为占有而欢喜，那是笼子的欢喜；为不能占有而痛苦，那也只是铁链的痛苦。"

爱他，就给他自由吧！

收起缰绳，让你的"骏马"去草原驰骋，去职场打拼，去赢得属于他的那一份荣耀。

撕碎鱼网，让你的"鱼儿"到大海腾跃，到社会去锻炼，去见识男人应该见识的一切。

打开笼子，砸断铁链，让你心爱的人去见他想见的人，去做他想做的事。

让你的爱人去三里屯泡泡酒吧，你正好约上女友去"宜家"看看新到的家具。

给他一点儿独处的时间，给他一点儿隐秘的空间，甚至给他一些情感走私的自由。

给了他自由，你就给了他最大的信任，你们的关系反而牢固；再说，你也需要他给你一份自由。

　　一对相爱的人好像两张直径相等的圆片上下叠置。如果想让它们完全吻合，一丝不差，那太难了；因为稍有晃动，就会偏移。如果不求完全吻合，允许部分偏离，那就很容易办到。

　　爱情的鸟雀，该单飞时就单飞吧。

　　心中有爱，还怕找不到自己的鸟巢吗？

# 妈妈的身影很长很长

人脑里有一个记忆的世界，它无穷大，什么陈谷子烂芝麻的事情都装得下；可它又是朦朦胧胧的暗夜，所有的东西都有些模糊。在这个世界的中心，有一盏情感的探照灯，帮你照亮你时刻惦记着的人和事。光影摇曳中，妈妈的身影很长很长。

我们都是母亲的孩子，无论我们走到哪里，都会有母爱相随。

16岁那年，我考上了军艺。妈妈把我送到位于北京魏公村的学校，等一切都安顿好了，我们母女第一次分手的时候也到了。我们都故作镇定，好像经历过多次悲欢离合。其实我们彼此都知道，那一刻的心该有多么痛。自从爸爸离开后，就是我和妈妈一直相依为命的。我甚至没有想过，总有一天我要离开朝夕相处的妈妈。

妈妈千叮咛万嘱咐，终于一步一回头地走了。我忽然感觉自己像一叶浮萍，在看不到边的水面上漂着。

校园里的一切都是那么新鲜，北京城里的一切也都是那么新鲜，在新鲜的日子里，我慢慢习惯了离开母亲的生活。起初几乎每天都要和妈妈煲电话粥，后来忙了，就隔三岔五地通通话，而且都是妈妈主动打来的电话。远在家乡的妈妈，还是那么爱唠叨，好像我永远长不大，针尖大的事情也要再三叮咛。有一次，同学们还等着我去人艺剧场看孟京辉导演的话剧，妈妈还在那边说个没完没了，我真的有些烦了，说声再见就挂上了话筒。

好奇怪！这几天怎么都没有妈妈的电话，她生气了吧？到了周末，我有些急了，连忙拨通了家里的电话，铃声鸣了9响，没人接电话。再拨，依然没有回音。那天，我像疯了一样，每隔半个小时给家里打一次电话，可怎么也联系不上。于是我进行曲线查询，好不容易从表姐的嘴里套出了消息，原来妈妈的胃病急性发作，住进了医院。我立刻请了假，乘坐当晚的火车赶回沈阳老家。第二天，当我站在妈妈的病床前时，我半晌才说出一句话："妈妈，我离不开你！"

回到学校后不久，母亲节到了。我在网上浏览时，看到了比尔·盖茨在哈佛读二年级时写给妈妈的一张问候卡："我爱您！妈妈。您从来不说我比别的孩子差；您总是在我干的事情中，不断寻找值得赞许的地方；我怀念和您在一起的所有时光。"看了这段话，幸福感立刻涌上心头。因为我也拥有一位赏识我的妈妈，不论我去学琴，还是考学，在我犹豫的时候，妈妈总是说："孩子，你行！"是妈妈用爱塑造了我的自信。

那时，我也在读大二。在学习上，我更勤奋了。因为我暗暗下定决心，要靠自己的努力，早点把妈妈接到北京来同住。老天不负有心人。一走出校门，我就在玉渊潭附近租了一套二居室，实现了和妈妈团圆的愿望。过了不久，我又在京东买了宽敞的新房子。那一天，我带妈妈去看新房，还把钥匙郑重地交到妈妈手里，我对她老人家说："这里永远是我们共同的家！"

# F

## 网 虫 与 网 事

人生如网
人就是网上蠕动的虫子

# 网络人生

　　有位现代派诗人作过一首题为《人生》的诗，诗文只有一个字："网"。其实这有点儿故弄玄虚，不过是把"人生如网"的话拆开罢了。说起特殊的"网"来，名缰利索是一种，芸芸众生都难以挣脱；而所谓"疏而不漏"的"恢恢天网"，却打不尽天下的坏蛋。还有"关系网"，简直是现代人又爱又恨的东西。活着，难免做些事，可一做事，必得上下左右面面俱到。人们为之"视网如虎"。可比尔·盖茨又弄出个互联网来，让我们跟着进入了网络人生。起初还觉得新鲜、刺激，沉溺在虚拟世界里自得其乐。后来有些腻了，却像吸食毒品上了瘾，怎么也离不开了。"网虫"的称呼，非常形象地概括了这些网民的生活状态，"人生如网"，人就是网上蠕动的虫子。

　　在网上的聊天室里，最热闹的还是"一见钟情""今晚有约"这些谈情说爱的地方。这里最常见的话是，男："又来了一个美眉。"女："狼，狼来了！"那些肚子里缺墨水的网虫，却创造出丰富的表情符号，像"：-"，转动90度来看，就是一个"美眉"。那些"新莫尔斯码"也很有意思：121——想和你单独谈谈；007——我有一个秘密要告诉你；110——你十分完美；11——你比完美还完美；020202——我只想着你；2001——你是我梦想的未来……用干巴巴的数字来交流感情简直是新新人类在网络时代的一种激情创造。可我总觉得，无论在什么网里，人都不自在。

网络上的交际像是假面舞会，你看不清对方的嘴脸，更摸不透对方的心思。感到空虚的时候去网上交际，离开的时候会更加空虚。那时，正像女作家周佩红的感觉，"我特别想离开电脑，到窗前呼吸一口新鲜空气，和那个认识或不认识的人说说话，只要他有具体的脸、具体的眼，能展示一个真正确凿的表情。"

人生如网，无论古人还是今人，怎么总是脱离不了网的束缚和羁绊呀！

# 来自火星的文字

现在，不管是玩微博还是玩微信，少不了要学点网络流行语。流行语是一种语言时尚，在一定时期内使用频率很高且被广泛传播。在形式上，它可以是一个词素，如"裸"，组成裸官、裸婚什么的；也可以是一个词、词组或者短语，如"萌萌哒""涨姿势""中国好声音"等；还可以是句子或特定的格式，如"今天你——了没有？""想安静地做个美男子"。有的流行语来自外语，如"晒"，源于英语的 share，是"分享"的意思。

网络用语是网民集体智慧的产物，从 2008 年开始，伴随着微博的兴起和之后微信的大普及，呈现出井喷般的发展态势。可以随时随地上网的智能手机，让一个草根的自创词汇，可能在几分钟内传遍大江南北；加上有了搜索引擎技术，人们很快就会明白新词的意思了。

手机文化是网络文化的一部分，在手机上网时代，几乎人人都成了词汇的发明者，喜欢使用新鲜活泼的词汇，说些"什么族什么门什么奴什么二代"的，似乎很时髦，也很上口。"一个新词，就像一粒播下的种子。"这话是英国哲学家路德维希·维特根斯坦说的，也很给力。有意思的是，中国的网络新词还影响到英文词汇，像中式英语"ungelivable"（不给力），连老外也觉得有意思。有关资料显示，由中国网民创造，又经外媒

传播的中国式英文词汇已有三十多个。凤凰卫视的时事评论员认为，中国网民造词的智慧不仅使英文有了特色，也使得汉语更加与时俱进。

网上有一个拥有两三百万人之众的群体叫"智愿者"，活跃在中文百科网站的互动百科中，他们以义务编写、传播新词汇为乐，已经创作和编辑出上千万个词条和图片。手机文化的关键词是"创意"，在这方天地"创意永远不会打烊"。这些创意者大多是青少年，处在思想最活跃、创造力最旺盛的时期，如泉水一般喷涌而来的词汇，通过手机、电脑和网络很快就传播开来。2013 年，"中国梦"当仁不让，成为 2013 年的全民流行语。反映正能量的流行词汇还有"光盘"：年初，北京一家民间公益组织发起"光盘行动"，倡议市民就餐后打包剩饭"光盘"离开；中央电视台也在新闻联播里号召人们"节约粮食，从我做起"；"光盘行动"遂席卷全国。这一年的流行语还有：中国大妈、倒逼、女汉子、土豪、大V、涨姿势、小伙伴们都惊呆了……都从不同的视角凸显了时代生活的鲜明特征。2014 年至 2015 年间，网络又开始流行"萌萌哒、逼格、心塞、捡肥皂、也是醉了、也是蛮拼的、且行且珍重、（有钱）任性等。

我的地盘我做主。在网络上，网民都自认为是老大，网络语言泛滥，为了吸引眼球，在汉字使用上也求奇求怪。据说美国总统奥巴马的微博，有一阵儿关注和发表评论的多半是自称"屌丝"的中国网民，但他们使用的网络语言，让奥巴马的助手们如读天书。

网上也好，掌上也好，经常出现前卫文字，而且传播得极快。我起初上网时，网络上到处是90后鼓捣出来的火星文，其特点是在文字中大量使用繁体字、日语异体字、拼音符号和冷僻字。比如有人从故纸堆里翻出老字来，像两个呆字组成的"槑"，感觉上是加倍的呆。90后称之为的火星文，被80后嘲之为脑残体。比如我们说"这个东西好贵啊"，他们说"这东东好贵的说"。"的说"是卖萌语气助词，卖萌是装出可爱的样子。我们说"呆住了"，他们说"石化了""我倒"；我们说"痛苦得发疯"，他们说"抓狂"；我们叫"哥们"，他们称作"麻吉"（周杰伦签了乐团后之名）……

火星文开始大量出现在"空间日志"和QQ签名档里，用习惯了，用手机写短信，甚至提笔写字，也开始用这些怪怪的语言。在90后眼里，好像什么都变态，口口声声的"变态"，随处可想见的"BT"。火星文好像很天真，比如说"小朋友的表情太有爱了"，有时候又很滑稽，比如形容超出限度，80后学台湾人说"破表"，到了90后嘴里，就变成了"爆机"。有时候，火星文看起来像是乱码，比如"斗是幻J"，意思是"一切都是幻觉"，当然还有别的面目，甚至一次和一次不一样，真的让你能堕入云里雾中。

上海的一位老教授说：我和亲人交流也有语言障碍，一是听不懂我老婆说的洋泾浜英语，她把"非常感谢你（thank you very much）"说成是"生发油卖来卖去"；二是听不懂小孙女的话，什么"我是打酱油的"，也没让她打过酱油啊！"打酱油"的来历是，某电视台的记者在街上采访一位市民，询问其对香港"艳照门"事件的看法，那位市民说："关我什么事，我是来打酱油的。"随后，"打酱油"就在网络论坛上风靡起来。这位老教授很少上网，怎么会懂得小孙女说的流行语呢？他真的也要变成"打酱油"的了。

住在深圳的苏西时常用手机上网刷微博，他懂得"人艰不拆"的意思，但忽而看到一句"细思恐极"就摸不着头脑了。他无奈地对朋友说："我还是跟不上网络时代的脚步。"

我们现在生活在生词时代，于是有人就来"扫盲"。一份手机报办了一个栏目，早晨叫 IN 词，晚上叫 IN 语。该栏目每天都会发布最新生成的网络热词和流行语，如小月月、悲催女汉子、学霸、不造、逗比等。在快节奏下匆忙行走的人们，没有时间看大块文章，只能读点短小的东西，甚至是"读词"。你不懂词，就会落后于时代；你不掌握最流行的词，甚至无法和朋友在网络聊天，也看不懂手机短信。"词"已经成为信息传播的核心。从超女、槑、躺着也中枪、摊上大事了、高端大气上档次、家里人知道吗、不作死就不会死、挖掘机技术哪家强……网络热词和流行语及时反映时事热点、爆料秘闻趣事、调侃民生百态，凭借其形象生动、简洁精确、有利于口口相传的自身特性，成为人们茶余饭后不可缺少的谈资话题。

"中国式"的造词造句不仅仅是游戏文字，大抵传播开来的热词和句式，一般都映射着人们的生存状态和对改变命运的渴望心理。就说"中国式"吧，最初在微博上火起来的话是："中国式过马路"，就是不看红灯绿灯，凑够一拨人就走。这样的"吐槽"反映的是真实，于是举一反三，网上又有了 N 多的"中国式"——"中国式并线""中国式接孩子""中国式送礼""中国式会议"……说来简单，但听了都能心领神会。

不管它是不是来自火星的文字，我们还年轻，总要弄得懂这些网络流行语的，不然，怎么写博文上微信呢？

# 说说"表情符号"

在网络时代，人们希望用最简单的形式传递尽可能多的信息。于是，与热词、锐词、流行语相伴而来的，还有大量的符合经济高效原则的各种符号。

美国人格朗认为：艺术是情感的符号。格朗理论的先驱者，德国人卡希尔在更早的时候就提出，人的本质在于能够制造符号，运用符号，并用符号来解释宗教、礼仪、艺术等各种社会现象。他们认为，艺术可以定义为符号的语言。"科学在思想上给人以秩序，道德在行动上给人以秩序，艺术在视、触、听觉现象的理解中给人以秩序"。他们说的符号内涵很大，我这里讲的是大家一听就能明白的符号，就是我们在QQ对话框和手机微信里时常看到的表情符号，比如笑容、眨眼、皱眉头、吐舌头等。一个冒号，一个连字号，再加上半截括号，就组成了互联网上的"微笑"符号。如今，在手机短信里，:-）也被年轻人频频使用。稍做改动，转过来一个后括号，:-（，就表示生气了。把冒号改成分号，;-），就变成了抛媚眼。我收到一些短信，嵌入了一些表情符号，看后似懂非懂，如："-"分号加短线，转动90度，是一个美眉。朋友考我我不懂，反问：麦当劳的形象标识"M"是什么意思？我的答案是：

洋人告诉我们，一个汉堡的营养相当于两个馒头。想想，使用表情符号也挺好的，倘若你是一个"表情帝"，面部表情过于丰富的话，眼睑的开启、口唇的闭合、鼻翼的掀动，在表情肌的收缩扩张运动中容易形成表情皱纹，如额头的抬头纹，眼圈的太阳纹和口鼻间的川字纹。有人开玩笑说：老外老得快，就是因为爱出洋相，表情太过丰富；而在网上与短信中使用表情符号则无此虞。

再举一个例子：呻吟号，就是："〜"。原来在 QQ 聊天时，就被当作表示震惊或者是拖长音的句式而广泛使用。2011 年 3 月，网友乔小囧发了一条帖子，通过网上投票，通过了使用呻吟号的决议。于是有人仿效"国家语言文字标点符号委员会"的口吻，撰写了一个研究报告："数据表明，这个符号在过去 5 年的使用频率的增长幅度是每年 49.77%，出现频率最多的平台分别是：手机、网络文章、电子邮件、公共厕所、课上纸条，分别占 41.90%、30.47%、18.10%、7.13% 和 3.40%。""不锈钢老许"点评说："相信在并不遥远的将来，这个意义深远的符号将会把包括句号、逗号、省略号在内的许多标点符号代替。"

微信火起来后，表情符号升级了，大多变成了卡通形象，简单的是头像表情，用线条勾勒五官的变化，表示喜怒哀乐等不同的感情，以及"好""谢谢""早上好""晚安""继续""再见"等常用词汇和短语的含义。表情符号的"豪华升级版"由"萌萌哒"的卡通人物唱主角，由静止变成运动的，有的还添加上了文字和声音，非常好玩。朋友发来的微信，如有好玩的表情符号，我都会及时保存起来。有时候，懒得用文字和语音交流，干脆就互相发一通表情符号和卡通形象，也蛮有意思的。

使用表情符号，好像让我回到了童年。

# 这个体，那个体

由词到文体，在网上、手机上，各类文体雨后春笋般地出现。近几年来，网上围观最多的就是特殊的造句方式，什么知音体、琼瑶体、蜜糖体，凡客体、亲密体、见与不见体、赶集体、呻吟号、咆哮体、领奖体、舌尖体、甄嬛体、再爱体、王菲体、马上体……直到近来的承包鱼塘体。早一些流行的蜜糖体，其特点是大量使用代音，如将"这样子"说成"酱紫"；大量使用叠字昵称和英文昵称，如"猪猪""东东""Daddy""Mammy"……再就是句末使用"哦""鸟"等语气词。在哆嗦的蜜糖体之后，又出现了像凡客体这样极尽诙谐幽默的文体，源于 2010 年 7 月推出的韩寒代言的广告语："爱网络，爱自由，爱晚起，爱夜间大排档，爱赛车，也爱 29 块的 T-shirt。我不是什么骑手，不是谁的代言，我是韩寒，我只代表我自己。我和你一样，我是凡客。"网络广告是新文体的"温床"。在赶集网的营销广告中，姚晨扯着小毛驴光艳登场，小毛驴身上驮着箱子、盒子、房子……姚晨在一旁吆喝："找房子，找工作，找装修，找保姆，找宠物……赶集网，啥都有！"这个花了几个亿的广告火了，赶集网的竞争对手连夜抢注了"赶驴网"的域名。而赶集体也大行其道，经典段子："找晴川，找四阿哥，找八阿哥，找时空穿越，找杨幂和冯绍峰……赶集网，啥都有！"西单女孩："找音乐，找春晚，找梦想，找生活费，找西单女孩的二手吉他……赶集网，啥都有！"芙蓉姐姐："找性感，找坚强，找瘦身，找奋斗，找芙蓉姐姐的力量……赶集网，啥都有！"到了2012年，最时髦的是"莫言领奖体"。中国作家莫言在诺贝尔奖颁奖晚宴中致辞时说："与其他科学奖项相比，文学奖没有那么多用处，但文学最大的用处也许就是它没有用处。"此话一出，网上立刻生成了"莫言领奖体"，当把"文学"置换为"爱情""梦想"这些词汇时，人们在"嘻哈"中开始触摸到了人的精神和灵魂。从知音体、赶集体到领奖体，网络流行文体不单是网络时尚的表征，也折射着当代的社会生活和大众心理。

网络文体业已蔚为大观，职场类有蓝精灵体、颈椎体、方阵体、表格体；生活类有幸福体、咆哮体、球裤体、《非诚勿扰》体；文艺类有王家卫体、赵本山体、陆川体、校内体、有种体、甄嬛体；情感类有怨妇体、遇见体、TVB体；社会类有校长撑腰体、高铁体、丹丹体、淘宝体。网络文体大多源于时尚文化，所以也叫"流行体"。比如起源于豆瓣网的咆哮体：有一个"景涛同好组"，大家以调侃演员马景涛为乐，他们的口号是："风在吼，马在啸，景涛在咆哮，景涛在咆哮！！"马景涛被公认为"咆哮教主"。

有一篇名为《学法语的人你伤不起！！！》的文章，在网上被转发了上万次，让咆哮体在一夜之间大爆发。文字版咆哮体的特征就是连篇累牍的感叹词和语气词"啊"。"有木有啊""尼玛""伤不起啊"等词语加上连续的感叹号，就是微博上流行的咆哮体。之后在微博上走红的"假想体"，则是把古代经典与网络流行文化联系了起来。新浪网友"琢磨先生"推出了一系列他代为撰写的"古人微博"。有曹操、诸葛亮，还有唐僧、林黛玉，这些四大名著中的人物，不仅以加V自居，还互相转发吐槽。之后，假想体迅速走红，出现了金庸版等，创意层出不穷。在快节奏的当代生活中，很少有人能静下心来阅读名著，但中国人的骨子里，又是离不开经典的，于是便通过假想体来亲近一下经典。假想体的关键语就是：古代要是有微博，古人会写些什么呢？元芳体和甄嬛体则分别来自2012年两部热播的电视剧《神探狄仁杰》和《甄嬛传》。现代作家沈从文的文字清新质朴且充满感情，比如："我行过许多地方的桥，看过许多次数的云，喝过许多种类的酒，却只爱过一个正当最好年龄的人。"网上便纷纷模仿这句话，被称为"沈从文体"。举一个例子吧——"我想过很多次未来的房子，看过很多地方的楼盘，对比过许多种的户型，却依然买不起属于自己的蜗居。"在这些文字里，我们可以读出网民对大师的尊崇和对纯真的眷恋。2013 年是马年，"马上体"马上走红了。什么"马上有钱拿，马上有房住，马上有车开，马上有个手机⋯⋯"无论缺少什么，一放到"马上"，就变成了一句美好的祝愿。"马上有 X"的系列图片，也在微博、微信圈里传播开来。

真不知道，明天一觉醒来，又会有什么体流行起来？

# 从"萝莉控"到"萌萌哒"

　　在移动网络时代，跨界的交流变得轻松起来，反映到语言上就是借词越来越多。借欧美的，借日韩的，借港澳台的。在借来借去中，一句话、一个词，意义在不断地发生变化。比如"X 控"结构，我们可以通过搜索引擎收集到上百个词条，什么正太控、手机控、微博控，以至眼睛控、围巾控……举不胜举。追本溯源，这个结构的最初例词该是"萝莉控"，来自日本。2005 年夏天，当日本动画片《草莓棉花糖》在中国播出后不久，国内网络上就出现了"萝莉控"的说法。到了 2011 年，基于"萝莉控"的"X 控"结构流行起来。再刨一下根，"萝莉"其实是"洛丽塔"（Lolita）的缩写，日语中以片假名标记的"萝莉塔·情结"（简称"萝莉控"）就是英文"Lolita Complex"的对照翻译，我们译为"洛丽塔情结"。日本人借来"萝莉控"一词后，渐渐引申为一种次文化，作为喜欢 ACG 等作品中出现的幼女和少女角色的人的统称。汉语将该结构引入后，用以表示具有某种共同爱好的人群。由于汉语词根语素的多产性，催生了"X 控"的大量繁殖。网络文体，每一个看似新鲜的话语里都沉睡着一个俗套的魔鬼。

　　中国近代的知识体系的词语框架，基本上是由日源外来词搭建起来的。进入网络时代，日源外来词再一次蜂拥而来。在传播途径上，上一次主要是知识性读物，这一次则是影视、动漫和音乐作品，网络更是起到了推波助澜的作用。新的日源外来词往往成为网络热词，因为具有时尚的特征。我们说"菜肴""照片""可爱"，追求新奇的年轻人非要说"料理""写真""卡哇伊"……像"萌萌哒"，最初是"摸摸哒"、"mua"的谐音，表示亲昵的问候，后演化为卖萌的语气词。这个词起始于豆瓣小组，是"该吃药了"的含义，即医治"中二病"的意思。而"中二"是日语对"初中二年级"的简称。"中二病"指的是初二学生普遍存在的某些病态的自我意识和表现。这个词最后演变成"萌"系列词汇也是不奇怪的。因为在年轻人看来，将"萌"等日源词挂在嘴上，就是一种时尚的表现。

从"萝莉控"到"萌萌哒"，曲折地表达了我们"不想长大"的心理。即便早已是熟女了，还是想说些很萌的话，在微信朋友圈里发一些很萌的自拍照。网络流行文化太过强势了，让我们难以抗拒。

# 网络搞笑

美国人尼尔·波兹曼在其著作《娱乐至死》里，认为电视的一般表达方式是娱乐，强势的电视媒体让一切文化心甘情愿地成为电视的附庸。时至今日，移动网络与终端正在以更为强势的姿态，演绎着"娱乐至死"的精神。在手机屏幕上，搞笑的东西越来越多。

西方的幽默理论认为：笑是一种社会现象，它需要两到三个人在场，有逗笑的，有被嘲笑的，还有听了发笑的人；更多的时候是，边上还有多儿个听了发笑的人。当这样的"笑"上网之后立刻会被放大，吸引成千上万的"听了发笑的人"，网络笑话由此也变得更有喜感和娱乐性。西方学者乔治·巴达伊说："笑是人类互相交流的一种特定形式，它能够为人们提供关于社会结构和运行模式的信息。""笑"在网上的交流中不仅舒缓着人们的压力，往往还"快递"着最时尚的社会信息和文化动向。最典型的是嘻哈包袱铺，这是一家北京唯一的由80后组成的相声团体。他们游走于网络与现实之间，从网络语言中寻找流行语和搞笑的元素，把嘻哈与相声结合起来，赢得了80后的集体共鸣。这个团队的宣传语就很有个性："不卖房子不卖车子，不卖香烟不卖火柴，卖的是乐子！"网络上一出来什么，北京鼓楼西大街广茗阁茶楼的"嘻哈包袱铺"立刻进入自己的段子，什么"雷到我了""什么都是浮云""躺着也中枪""也是醉了"……

开心的人都有一个秘诀，就是把小小的快乐放大到无限大。比如赵丽蓉老太太，即使在弥留之际也不失笑星本色。演员方青卓去肿瘤医院看她，自嘲："我瘦了吧？"赵丽蓉连连称是，"瘦了瘦了！"一面抚摸方女士的啤酒肚，问："几个月了？"逗得病友们大笑。赵老太太高高兴兴地活了一辈子，还给他人带来快乐，值！

有了网络和手机，国人的幽默基因被刺激到了，搞笑的本领也渐渐大了起来。在网络和手机上，现实中的滑稽得到了各种集中和夸张的反映。比如"小夏恶搞神配音"，为什么那么火呢？其秘诀有二：一是联系社会热点问题；二是用一种莫名的亲近感刺激大众的兴奋灶。凭借这两件神器，他们推出的《高了个考》《春节那点事儿》《钱哪，钱！》……引发了一场又一场的网上狂欢。社会生活的发展，使艺术中的滑稽形态日益高级和深刻，它从嘲笑人体的形体动作的丑，上升到嘲笑人们精神世界的丑、某些社会生活中的丑，讽刺艺术得到了发扬光大。

网上搞笑往往是有一搭没一搭的。这种无厘头的搞笑方式，也就是香港笑星周星驰的表演风格，似是而非、前言不搭后语但好像又有真意在。《大话西游》是周星驰的代表作，比如"爱你一万年"，在一个不太浪漫的世俗环境中喊出了特浪漫的呼声，却不使人觉得矫情。无厘头归根到底是无奈中的一种挣扎和自我嘲讽。比如这样解释"不约而同"："很久没有妞约了，都要变成同性恋啦！"最典型的一个例子就是："贾君鹏，你妈妈叫你回家吃饭！"

还有，这样评价他人的长相："那人长得吧，怎么说呢，像素比较低。"这样预测未来："关于明天的事，我们后天就知道了。"这样定义偶然性："天上没有白掉的馅饼，倒有白掉的砖头。"这样表达慵懒的状态："不要和我比懒，我懒得和你比。"这样调侃生活："刷牙是件悲喜交加的事情，因为一手拿着杯具（悲剧），一手拿着洗具（喜剧）。"这样评价自己："我一生只会两件事：这也不会，那也不会。"

幽默和与之对应的笑能够让人产生如释重负之感，在"压力山大"的生活境况下，人们是该经常笑一笑的。一位网民在微博上说："我就是个普普通通的人，我需要的是吃饱穿暖，有大笑的自由。"在微博上，最火的内容有三类：首推幽默段子，其次是美女或萌宠图片，再次是突发新闻。年轻人在网络上的表达多以轻松、搞怪、调侃方式出现，以解构主流文化元素的方式进行对抗。有的抖小机灵，有的即兴吐槽；有插科打诨的励志文字，也有戏谑怒骂的温情表达；还有一个特点，网络表达多用谐音字和孩童化口吻，本质上是对无忧无虑的孩童生活的留恋。这种行为可以缓解焦虑。

一项针对手机短信和微信的调查表明，幽默段子是最受欢迎的，他们所追求的除了娱乐还是娱乐，幽默段子给发送者的快乐是双重的，无论发送者还是接收者，从手机幽默段子中得到的都是快乐，而互相转发的复制功能使这种快乐变成一种极其简单、快捷的互动娱乐游戏，使段子的娱乐功能放大。无论是微博、微信段子还是短信段子，段子变得"段段精彩"，使中国式的智慧与幽默得以充分展现。

# 屌丝们的无厘头戏谑

自嘲在网络上发展成为一种"贱幽默"的手法，最典型的例子就是韩国"鸟叔"的骑马舞。歌手演绎了一个贫穷的屌丝男在各种形式上模仿高富帅的生活，夸张的搞笑动作里隐含着人们对江南富人爱恨交织的情绪。

2012 年，许多中国青年网民以留言或评论的方式，占据了美国总统奥巴马的 Google+ 主页，一时使其变成了中文版。有意思的是，这些青年好多人自称是"屌丝"。不要说奥巴马和他的助手，就连许多中国人也不明白这是什么意思？现在"屌丝"一词在手机上猛传，也爆红网络。"屌丝"最初的定义，指的是那些出身卑微的小伙子，其形象为"穷矮丑"，对应的是"富高帅"。后来许多人以此自嘲，自称"屌丝"，又作"吊丝"。意思是说，自己"穷矮丑笨鲁"。要弄清它的词源，还颇有一番来历。法国有个足球运动员亨利，球迷叫他"亨利大帝"。因为老国脚李毅说过他的护球方式像亨利，国内的球迷也叫他"大帝"，顺嘴把他的百度贴吧叫作"帝吧"，也有叫"D 吧""D 丝"的，三变两变，"屌丝"一词产生了，其内涵也越来越丰富，成了大家自嘲和戏谑的一种方式。张艺谋拍过《有话好好说》，可手机一族和网民不会理会，他们喜欢用草根戏谑式的叙事来颠覆惯常的话语体系和价值观，这种由下而上的叛逆语言，传播的速度和范围也是异乎寻常得快，超乎想象得大。他们就是这样的无厘头："我穷我矮我丑，我是屌丝，能怎么地？" 伴随着"屌丝"一词的产生，不少具有高度风格化和模板化的"屌丝文"，在乐此不疲的年轻人群体中流传。比如题为《女神》的调侃文字："他们没钱，没背景，没未来；自嘲'穷丑矮挫胖笨鲁'；在'高富帅'面前，只有'跪'叫爷的命；鼓足勇气跟'女神'搭讪，只换来一句'呵呵'；因而他们宣称：我就是这副样子，再怎么差都无所谓了……"我们在"屌丝文"里常常会看到一些幽默段子，如有一个所谓的"屌丝的逆袭计划"："去泰国变性，去韩国整容，回国参加婚恋交友节目，拿下一个富二代结婚，就此拥有豪宅豪车；然后离婚，再去泰国变性，再去韩国整容，回国参加婚恋交友节目，拿下一个美女，从此王子和公主快乐地生活。"这些貌似豁达轻松的文字，背后隐藏的实则是无奈和纠结的情绪。

西方有一个城市的《市民文明手册》告诫人们，开玩笑应该"像小羊羔似的轻咬"，而不要像"大狼狗般猛咬"。中国的年轻网民似乎也接受了这样的告诫，他们在很多时候采用的都是"小羊羔式"的俏皮话。

比如他们这样描述自己心目中的城市：Biqu"Jessie-金"说——"如果城市是有性别的，我觉得北京一定是一个爷们，沈阳是个汉子，长春是个辣妹，厦门是个萝莉，成都是个少妇，但我至今没有想明白深圳究竟是男是女。""武汉是消沉的江湖大哥，南昌是引退的师爷，三亚是婀娜多情的选美小姐，拉萨是让人向往的少女，丽江是流落风尘的公主。""顾彤"说——"北京是蓬头垢面的城管大叔，天津是地主阶层中的开明绅士，上海是风情万种的中产少妇，苏州是唱评弹的小姨，西安是永远睡不醒的贵族爷爷，深圳是态度良好、手脚麻利的快递哥哥，重庆是麻豆腐的泼辣二嫂，成都是喜欢吃辣的白领丽人……"面对物价上涨，网民会说一句"蒜你狠"，发泄而已，物价还是涨；"豆你玩"是惊讶，"苹什么"是不满，"糖高宗"是调侃；终归说一声"油他去"，真的是无奈！小羊羔只能任人宰割。当接二连三的雾霾几乎让上海陷入停滞时，上海人用周立波的口气调侃说："遛狗不见狗，狗绳提在手，见手不见绳，狗叫我才走。"他们甚至总结出这样的"新上海精神"："厚德载雾，自强不吸，霾头苦干，再创灰黄。"

　　无厘头的语言更是数不胜数，比如："漂一族"这样描述自己的生存状态："生在水浒的世界，却长了颗红楼的心。在这个三国纷飞的年代，独自去西游。"有人这样调侃时尚："丝袜是权力的象征，女人穿了能征服男人，男人戴了能征服银行！"一个厌学的孩子一本正经地对父母说："祖国尚未统一，没有心情复习啊！"一个"房奴"如此表示人生信念："30年的房贷是我活下去的动力。"一个男孩这样评价追他的胖姑娘："都说女人是一本书，姑娘，您这身材是合订本吧。"

　　屌丝们的自嘲、戏谑和无厘头语言，实际上是一种调侃式的宣泄方式。我认识一些漂在北京的年轻人，他们租住在潮湿的地下室里，天蒙蒙亮就要起来赶地铁上班，打拼的生活很艰辛。累了，借助微信调侃调侃，也可以轻松一点。真的无奈甚至痛楚时，或者找不到懂得自己的倾诉对象时，他们把这种无语情绪叫作"也是醉了"。

# 从"待我长发及腰"说起

2013年，"待我长发及腰"成了当年的流行语，这句话出自对一张情侣照的描述。有一对在英国剑桥大学留学的情侣，他们的合影照被贴在网上的华人论坛上。其中一张是旧照，略显青涩的女孩留着短发；而另一张两人穿着学士服，女孩已出落得亭亭玉立，长发披肩。于是有网友评论说："待我长发及腰，少年你娶我可好？"之后，"待我长发及腰，秋风为你上膘""待我长发及腰，拿来拖地可好"等模仿的造句纷来沓至。这就是掌上、网上典型的集体无厘头式的狂欢，大家都玩得很嗨，也玩出各种恶搞升级版。借助"自拍照"的潮流，美眉们也纷纷贴出了自己的长发照，各种喜感的元素让这场狂欢持续不断，并反映在各大相亲节目等电视节目中来。

关于新媒体的娱乐化倾向，易凯资本的CEO王冉说："当犀利哥大步走来的时候，我们的社会没有变得更温暖，只是变得更娱乐。"网络上的"贾君鹏事件""全民偷菜""犀利哥的传说"，以及"凤姐""芙蓉姐姐""干露露""湿露露"……无一不是娱乐化的产物，甚至流于庸俗和无聊。比如网上恶搞名人，一会儿是"杜甫很忙"，一会儿是"包拯很黑"，把人们尊崇的历史人物当成无厘头的取笑对象，真的让人哭笑不得。

　　美国有一种"洋葱新闻"。为什么叫"洋葱"呢？其理论是：一个事件包括多层因素，一层层剥开来看，才能看到本质。当然，这只是一个幌子，美国的"洋葱新闻"实际上是一本正经地说瞎话。2008 年的《洋葱电影》，对美国乃至世界大加调侃，长着一张典型主播脸的老先生认真地播报一条条荒谬的新闻。显然，即使在网络上，我们也不该编造虚假新闻，但我们可以用似乎不正经的方式讨论正经事情。我收到过一则短信，用对联体讽刺弄虚作假的所谓"政绩"："上级对下级层层加码马到成功；下级对上级层层加水水到渠成。"最好的例子还是周立波的《谈新闻》。这是一本盘点世相百态，以幽默的态度解读新闻的读本。该书以 WHAT（事件）、WHERE（地点）、WHO（人物）、WHY（缘由）WHEN（时间）5 个新闻要素分章节，聚焦时下热点。在每条新闻的"有问必答"环节，周立波要和"很傻、很天真"的美女记者过招，一一回答她抛出的各种奇怪的问题。当谈到唐骏学历造假的问题时，美女气愤地说："真是勿要面孔。我还买过他的书呢，真是骗钞票。"周立波这样说："小妹息怒！给你说一段我刚看到的段子：'唐骏出了本《我的成功可以复制》之后，腾讯的老板马化腾也出了一本书，《我的复制可以成功》。郭敬明更是不甘示弱，随即出了本《我可以成功地复制粘贴》。'"他开始以自己的方式解读唐骏事件，最后说，"立波曾经说过，好的艺术家其实是生活的预言家。不信，你们去看看钱钟书大师60年前出版的小说《围城》，里面也写到过一个买假文凭的人，叫方鸿渐。足见大师比章鱼更精准，新闻比小说更精彩！"

大学的年轻人还喜欢趣解经典，比如：子夏曰："仕而优则学，学而优则仕。"年轻人解释为：当官的想有个高学历，大学生毕业了却想考个公务员。又比如：子曰："一箪食，一瓢饮，在陋巷，人不堪其忧，回也不改其乐。"新解为：一包方便面，一瓶矿泉水，在网吧，大家都觉得很苦，其实是非常快乐的。又比如：子曰："性相近也，习相远也。"新解：谈到异性，大家都很近乎；谈到学习，那就扯远了。他们如此诠释"难得糊涂"："孔子发现了糊涂，取名中庸；老子发现了糊涂，取名无为；庄子发现了糊涂，取名逍遥；墨子发现了糊涂，取名非攻；如来发现了糊涂，取名忘我。"听着是够无厘头的，但琢磨琢磨也有点意思。

其实，荒诞的文字由来已久。以《搜神记》《聊斋志异》为代表的历代志怪小说里，许多描述都有悖于科学常识，似乎荒诞不经，却曲折地反映了社会现实。倘若找找根源，那些皮相油滑的当代网络用语与古代滑稽诙谐的"隐语"有着隐性的传承关系和共有的"微讽"作用。

哈贝马斯在《公共空间》里论述大众文化时说："在一起笑意味着参与一种共同的文化，幽默有助于开辟出一个公共空间来。"从手机到网络，这个虚拟的"公共空间"就是一个偌大的搞笑场所，你可以娱乐、可以搞笑、可以无厘头，还可以幽他一默。真正的幽默具有深刻的文化感悟力，倘若以嘻哈文化为主导的网络流行文化与讽刺幽默的思想内涵结合起来，便会让网民们一边笑一边思考，从而形成一种有价值的笑文化。它一方面可以成为逆袭的利器，另一方面还具有减压阀的作用。比起荒诞的文字和娱乐至死的东西来，我更喜欢那种含着幽默意味和乐观情绪的文字，比如张灵泉的一则微博语录："幸福其实就是，能力恰恰比欲望多一点点，运气出现在力气用光前一点点。"

# 混搭范儿

俗话说："林子大了，什么鸟都有。"由点击主导的跳跃式的网上阅读，使得网上写作也具有踩线越界的特征，跨界的冲动使得网上成为各种文体的试验场和展示地。网络作品更是如此，往往颠覆惯常的线性叙事方式，把内容要素在通俗文化的框架内进行重组，主题模糊，视点跳跃，偏好无厘头的戏谑方式，常会表现出窥私和猎奇的趣味，总体上表现出庞杂混乱的状态，成为各种形式、各种东西的大杂烩。就像厦大艺术学院的展厅里，将作家莫言、慈善家陈光标和网络红人干露露的裸塑摆放在一起，似乎有些不相干，但却体现出了网络文化的审美特征——混搭范儿。

在这个混搭的平台上，你可以将文字、声音、图片和视频拿来一起玩。那些具有艺术价值的手机 App 作品，大多都是巧妙地结合了音乐、影像和互动点。

互联网打破了对于空间和时间的限制，网民的审美特征也是多视点的、跳跃性的、习惯转移的，经常出现"超级链接"的模式，这就为穿越题材的作品提供了流行一时的契机。在荣格的分析心理学里，我们每一个人的潜意识中都有一种英雄情结。我们渴望成为英雄，但在现实中被撞得头破血流，于是就想通过阅读穿越作品得到心理上的补偿。正是因为这样，在穿越作品中，那些从过去时代或是未来时代闯入我们视野的英雄，一个个都是"高富帅"：相貌堂堂、智慧超长，还身怀绝技。

拇指一族，常在匆忙中打错字。此类错误，在网络上触目皆是。打字时用拼音法输入，会有意无意地产生谐音词汇，如悲剧变成"杯具"，压力变成"鸭梨"，压力山大变成"亚力山大"。这些谐音的词汇，在词库里相邻而居，往往容易弄错。虽搞错了，但有意味，感觉新鲜，反而高兴。有时明明用对了，但其谐音不是好意头，人们倒是心有不悦。如用短信拜年，要小心因为谐音而让人忌讳的词汇：如财源（裁员）滚滚、心想事成（薪饷四成）、招财进宝（遭裁禁饱）等。当然也有利用谐音别字制造幽默与讽刺的作品，如林治波有一段博文："植树造零，白收起家，勤捞致富，选霸干部，任人唯闲，深入群中……" 又如："北京，就是背景；上海，就是商海；老公，就是劳工；晚上，就是玩赏；云雨，就是孕育；升职，就是升值；誓言，就是食言；男人，就是难人；理想，就是离乡；缘分，就是怨愤；失去，就是拾取；清醒，就是庆幸；结婚，就是皆昏！"

有人在翻译外国影片时，也要混搭些网络流行词。比如在《功夫熊猫》里，把"内心的平安"译成"淡定"；在《里约大冒险》里，把"猴子做不了鸟类的事"译成"这些猴子啥鸟事都做不好"。这都算是靠谱的，有的就太雷人了——在《马达加斯加3》里，片中的河马对长颈鹿说："我们可以组成夫妻档，就像小沈阳那样。"片中的企鹅也说出了这样的话："你以为我是赵本山吗？你把这里当《星光大道》？"

网络上穿越题材的流行和由此造就的审美口味，与时代的大背景密不可分，也与网络所创造的虚拟空间密不可分。借助一款"穿越时空"的 App，我们可以畅游未来，或者去你想去的任何一个年代；在三维动画情境里，你可以邀杨贵妃共舞一曲，也可以追随孔子去游学；你甚至可以引导一群懂音乐的萤火虫离开雾霾重重的城市，飞到如诗如画的地方去……青少年是穿越作品的最大受众群，因为这是一个处在青春叛逆期的群体，当现实愿望遭遇挫折或者遥遥无期时，他们只好将希望寄托在虚拟世界里，在混乱的时空中寻找自己的精神偶像，在非现实的世界里达到心理平衡。

# 诱人又恼人的网购生活

　　"亲，请问你喜欢什么？"由"亲""包邮""好评"3个关键词构成的淘宝体，张开了一层温情脉脉的面纱，以引诱人们上网购物。当网购已经成为时尚时，多少有些迟钝的我，也在闺蜜的鼓动下开始"试水"了。

　　起初在网上购物，总有些不真实的感觉。打开购物网站的页面，那些花花绿绿的商品让人眼花缭乱。在商场购物时，总要挑挑拣拣的，买衣服更是试了又试。可在网上，好像东西是白送的，移动鼠标，你看中的物件就轻而易举地进入"购物车"；而提交订单，也是动动手指的事。在网店里转悠，像是白捡东西一样，在"亲"的诱惑下，隔三岔五就有网购的冲动。等送快递的来了，发现包装大得有些出奇，打开看，所购商品并没有那么大的块头。见到实物，有的和想象中的差距很大，常常还要退货。姊妹们说：你这件外套便宜，要在商场的柜台上买，至少要多花200元呐！可网购无形中让我们的欲望膨胀起来，该买的不该买的，都下了订单，货到付款，发现支出直线上升。我成了一个网购控，几乎每天都要通过手机和电脑上网，到各大网店浏览，看到新鲜的东西，就立刻下单购买。买到中意的东西，想得了宝一样，急忙在微信的朋友圈里晒一晒，蛮惬意的。那阵子，我像上了瘾一样，几乎天天在网上下单，吃的、穿的、用的，统统让快递员往家里搬，自己乐此不疲。有一位女友，还建议我买一部"购物手机"。听她介绍，有了这样的手机，通过桌面快捷方式，就可以直接收藏店铺，利用语音、文字搜索和二维码扫描，都可以在桌面上方便地搜索商品，并进行商品查询、个性化订制和一站支付。天哪，幸好我还有些定力，没有接受这个很潮的建议，也避免了自己迷失在"Online shopping"的海量商品中。

疯狂网购的结果是，隔一段时间，我就需要清理一次积压的东西。本着物尽其用的原则，我把买来了又一时用不上的东西，干脆送给需要的朋友，或者放到小区门口的捐赠箱里。在豆瓣网上，我看到这样一段话："扔掉无用的东西只是极简主义生活方式的第一步。更要紧的是，当你有了更多的时间和金钱后，要找到更多有意思的事情去做。"读罢我沉思良久，此后便开始约束自己了，因为我不想被网购所绑架，所左右。我有那么多事要做，还要读书，做义工。细思量，仅就购物而言，逛商场的乐趣也非网购可比。

马云畅想的购物情景是：所有的商品从生产线下来，就带着二维码、无线射频识码进入仓储中心；顾客通过手机等终端上网，在网上商城选取商品，通过支付宝付款；然后货品就通过干线运输、配送中心、小区配送员最终到达用户手里。看起来，网购还会更加强势地进入我们的生活。实际上，除了网购，网上预约服务名目繁多：懒得做饭、洗衣，腰酸背痛想请个按摩师，还有美容美甲、汽车保养……只要上网找个 App，就会有人上门服务。时髦的说法是"互联网+"，白领们的生活越来越实惠便利了。

但是，这一切有可能改变真实的生活，甚至变成购物狂、大懒虫，进而丧失自我的存在。面对如潮而来的网络新生活，明智的人要保持说"不"的权利；在享受网购和网上预约服务带来的便利时，还要坚持自主安排生活，那就是，按照自己的需要和时间表来生活。

# 微信危机

    我们现在离不开微信了，它简直太方便了。一睁开眼，朋友圈里就会出现"新闻拼盘"，告诉你此前 24 个小时里的国内外大事；其中还有天气预报，以及从老黄历抄来的东西，叮嘱你今天该做什么不该做什么。从早到晚，你似乎一刻也离不开手机了，老是被新到微信的提示音搅得神不守舍的。直到躺在被子里，你还是不得安眠，与那些与你一样的夜猫子通过微信联系。我们得承认，有了微信，你我他之间的联系确实方便多了。你家的狗狗在你枕边撒了一泡尿，你拍下来传过来，只是不到一分钟的事。但不知怎地，我陡然生出一种危机感：我们被微信绑架了！

    这不是危言耸听。微信打乱了我们的生活节奏，我们本想依靠它来利用零碎时间，它却把我们整块的时间分隔得七零八碎。更重要的是，我们正在丧失曾经拥有的那份镇静和真实的沟通能力。

    小时候，我被《火星叔叔马丁》迷住了！那萌呆了的火星大叔，后脑勺上竟然伸出天线来。我开心的是，大叔崴脚后瘸着腿走道时天线也折弯了；我更诧异的是，大叔的天线从后脑勺伸出来后，不仅能发报通信，还能读懂你的心！简直太神奇了，不可思议。那时候，我时常会把两根筷子插在脖领子里，眼睛直勾勾地盯着邻家小妹说：我知道你在想什么，我已经告诉你我想什么了……

没有微信的时候，我们渴望别人了解自己，也渴望自己能够了解别人。但"筷子天线"帮不上什么忙，我们都在自己的信息孤岛上徘徊、彷徨。仿佛在一夜之间，我们真的变成了"火星大叔"，借助神奇的"天线"，人与人的距离拉近了，天涯之遥变为咫尺之近……这一切，就因为那个站在蓝色星球光辉下的人影，那个叫"微信"的 App。

我们从来没有像今天这样，这样自由地大声地，即时宣泄我们的喜怒悲哀；同样，我们周围的人，也在尽情地絮叨和喧嚣，大肆释放他们的压力和不再压抑的情感，渲染他们正在经历的人生甘苦，抑或只是一碟菜的乐趣和一个瞬间的感受。世界仿佛打开了无数扇此前紧闭的门窗，让我们可以窥见彼此的风景与私密。

我质疑的是：有了虚拟世界，有了微信朋友圈，有了那么多表情符号，我们因此就愈加亲密了吗？或者说，有了微信间的点赞与认同，我们的生活就愈加绚丽多彩、幸福安详了吗？

其实，我们还像是孩子，每当得到一个新玩具的时候，就忘乎所以，沉浸于其间而不得自拔。我承认，微信的魅力大于我曾经拥有的所有玩具。我们渴望被关注，也希望了解周遭的世界。当曾经遥不可及的风景，借着微信出现在我们眼前时，我们有些大喜过望，有些目不暇给：所有的事都是那么新鲜，充满诱惑。然而，"乱花渐欲迷人眼"，我们分辨不清哪些是我们需要的，哪些又是我们不需要的。我们被各种光怪陆离的东西纠缠着，撕扯着，不仅失去了眼力和判断力，也失去了促膝谈心、联袂出行的真实生活；甚至忽略了身边最亲近的人那幽怨的眼神。当今的信息社会，什么数据云、互联网、4G5G、人工智能、3D打印……给我们打开了一扇扇曾经封闭的门窗，但过多的选择又让我们疲于奔命，快速旋转的世界也更加拥挤不堪。浏览式阅读造就的标题党和快餐文化，让我们没有片刻的安宁，躁动的生活让我们失去了深思熟虑和用心沟通的能力。看似热闹非凡的朋友圈，如同市声鼎沸，你来我往都是蜻蜓点水一般。我们把希望别人看到的标签用光与影推送出去，同时又急不可耐去捕捉来自四向的信息泡沫，还误以为拥有了一切……

即使我们端坐一处，世上万象也会扑面而来，光影摇曳暗器缭绕。其实，你见，或者不见，它们都在那里，只是我们只顾着追逐浮尘，失去了宁静淡泊的心态。

朋友，陌上花开时，可缓缓归矣！怀念那些清闲悠长的日子，回味只爱一个人的感觉！且用生命中所有的力量成就彼此的爱情，用心雕刻每一个爱意时光。

## *G* 原声的心语

停下来吧，在很久以前你就走到了我的心里……
我一直不敢直面你火热的眼神，
我怕被这团火烧掉，融化，找不到方向……
直到有一天你觉得等不到明天要离去的时候，我才吐露真情：
"留下来吧，我不让你走！"

# 坚强的百合

　　失恋整整有两年了，我失去了一个曾经深爱过的男人，找到了一个迷路的自己。没有他的每一天，我并没有枯萎，在风雨中，我虽然苦过，累过，哭过……即使这样，风没有停，雨还在下。这样只能让自己更难过。一切不可以逃脱，面对，面对，只有面对。

　　多少天来，我无法说出我内心的感受，我爱着一个不该爱的人，却梦着童年的梦。我喜欢穿上婚纱，但在他面前我伪装出无所谓无所求的样子。"因为爱所以爱，因为爱所以痛。"——我终于明白了这句话的含义。每每爱过之后才明白，爱得越浓，伤得会越重。有时距离真的是一种美丽，没有距离就看不清自己在做什么，在爱什么，在等什么？有时深爱是美丽又让人心痛的。

　　我的大力是一个帅帅的大男孩，每每他觉得理亏的时候总不肯承认，反过来对我大声吼，命令我写检讨，不过我喜欢他这个样子。这就是恋爱中的女人，爱可以忽视一切毛病。

　　没认识大力之前，我是一只有名的花蝴蝶，自由自在地在天上飞。就是没有人能逮到我，大力也不能逮着我的，纯粹是让他骗到手的。

　　一个偶然的机会，我去参加几个朋友的聚会。大力也来了，不过还带着一位很俗的靓女，说话嗲嗲的，酸得我直倒胃口，当时真钦佩大力"独特"的眼光。我很不喜欢当时的气氛，把我们都当电灯泡，幸亏我的电话很多，分散了许多注意力。说实话，当时我的事情的确很多，不停地在改公司的宣传资料，压力很多，哪有工夫想他们。可大力一点儿也不闲着——

大力：美女，你好忙呀！

我：大家不是都挺忙的吗。

大力：一般美女好像忙得没有你那么辛苦。

我：你见过多少美女呀？

大力：不会比你少吧。

大力女友：别贫了，快点吃东西，凉了就不好吃了。

我心里开始有些别扭，也不知道为什么，就是烦。

过了好多天，我开始想这个爱抬杠的哥们大力了，但是再想起他身边的那个酸黄瓜，马上就此打住。我虽然很有杀伤力，夺人所爱的事我坚决不干。一次，在公司楼下的咖啡厅，我正在和几个客户谈事，大力这个时候出现，和我身边的客户寒暄起来。我的思路完全被打断，看到他一点儿没有想走的意思，恨得我牙痒痒的。

大力：和美女谈生意真开心，美女投入工作的样子更美。对，认真的女人最美丽。

我：你好！你的酸黄瓜，你的贴身美女在哪儿？

大力：你说的是哪一个，具体点。

客户都很惊讶我们原来认识，不过世界本来就小，这就是缘分吧！在那次巧遇中，大力知道了我公司的具体方位和我的作息时间，每每下班的时候，我都能巧遇大力，仅仅是打个招呼，又擦肩而过。这慢慢地变成了一种习惯，一种默契，一种约定。我开始彷徨，总期待着下班，期待着巧遇，期待着发生些什么。

有时我又完全否定这种感觉，觉得有些事情完全不存在，只是一种巧合而已。后来公司派我到上海开会，作为我们公司的新闻发言人和形象大使……（这是一篇半拉子文章，事过境迁，我也很难把它写完。收录此文，就是为了真实地记录那段感情的"原生态"。）

# 前 世 今 约

（在一个很精致的花园中，有两个可爱的秋千，有一对热恋中的情人在咬耳私语。）

Q：你真的很像一个人，在梦中时常见到的……

S：（打断 Q 的话抗议）你不觉得这话很俗气、很老套吗？我上初中时，不！我上小学时就有男孩子跟我这样讲过。

Q：这是我的真心话，你干吗要取笑我呢？

S：哪有那么多真心，我也不是小女生的年龄了。

Q：我把话收回。

S：别那么小家子气嘛。

（在高尔夫球练习场，S 全副武装，很职业；Q 却正相反，除了手套以外，没穿任何与打球相关的衣服。）

Q：你真的好像一个人。

S：像梦里的一个人。

Q：你怎么知道？

S：哈……哈，你不觉得好俗气、好老套吗？在初中，不！在小学时就有男孩子这么跟我说过。

Q：我是认真的。

S：（调皮地）我也是认真的。

Q：我会对你好，我会对你好，用一辈子的时间来补偿你，我不会再失去你了。

S：你这个人好奇怪呀，我和你很熟吗？就你这种小伎俩……嗯！

Q：不，给我个机会吧！我不是在跟你开玩笑，我是认真的。

S：一个男人在没有跟你上床之前，都会说是认真的。

Q：你伤害我了。

S：你好容易受伤呀！

Q：我不和你再讲什么道理了。（Q猛扑过来，热烈地吻着S，S在拼命地挣扎，但无济于事。Q托起S的头，看了又看，吻了又吻）不管怎样，你就是我的女人。我不让你再离开我了，我会把最好的全部给你。

S：你这个人好霸道，好粗鲁，好讨厌，好……

Q：对不起，吓着你了！（S开始轻轻地哭泣，Q束手无策）别哭，别哭！我不是故意要侵犯你。我，我是情不自禁，我，我……你太像了，太像了……

S：总把我当影子，给你个机会，马上说，我到底像谁？

Q：（沉默了一会儿，痛苦地）我的……前妻。她走了，永远都不会回来了，是我放弃、伤害、辜负了她，那时我根本不懂什么是爱，她那么用心，用情地把所有的最好的都给了我，可是我给她什么了，我简直是在作孽。（怒吼着）作孽……作孽……作（狠狠地一拳打到了花圃的墙上）。

S：啊……别，别这样。

Q：你们那么像，那么像。

S：你还没告诉我，她为什么要离开你。

Q：因为她太好，太完美了。

S：不，这绝不是理由。

Q：我觉得我不配她，她太优秀了。她的家族，她的事业，她的智慧……面对她，我自卑，我嫉妒，慢慢地，她所有最好的，最优秀的，都变成了我离开她最好的借口。你可以嘲笑我，我容不下一个比我优秀那么多的女人。她越好我越变本加厉地去折磨她。

S：你原来变态啊！

Q：不，是我自己太自卑了。

S：有什么好自卑的。

Q：你不知道如果面前这个让你心动的女人，比你强很多，作为男人会很自卑的。

S：不过你可对我不用那么担心，你比我强太多了。

Q：所以这辈子你就是我的了，永远别想逃开。

S：又来了，我可事先声明，我跟你不是很熟。

Q 和 S 的发展倒是不慢，如今两人已从地下走向公开，到了如胶似漆的程度，这也许真是前世的缘分，看着他俩卿卿我我的样子还真让人有点羡慕。

S：你干吗对我这么好？

Q：因为我就想把最好的给你。

S：你不后悔吗？

Q：我已经来不及后悔了，你更来不及后悔了。

S：你为什么总是这么霸道。

Q：因为我爱你，你就是我的。

S：别那么自信好吗？

Q：我连这点自信都没有，那我怎么打拼这个世界。

S：我要是……

Q：我会伤了你，让你会痛苦一辈子。

S：你这是在威胁我。

Q：不，我是在告诉你，也在告诉我自己，好好地爱一个女人，不！是两个，是两个女人。

S：那个女人是你的前妻。

Q：不是。

S：（窜了起来，揪着Q的衣领）我讨厌你，你让我爱上你，你又爱着别的女人，你欺负我，你要干什么！

Q：不，有了你，我绝不会爱上谁了，可是在你没出现之前，你不可以要求我的世界是完全空白的啊！

（S起身要走，一把让Q拉住，捧着S的脸又是一顿狂吻。）

Q：我就爱你，我就爱你一个，别那么小心眼，你不会跟一个16岁的小女孩吃醋吧？

S：（满腹狐疑地问）什么小女孩？

Q：我的女儿。

S：怎么……

Q：我和前妻的女儿，我很爱她，在你没出现之前，她是我生命中的全部。但是你出现了，你的位置永远不会被任何人取代，我会用后半生珍惜你，爱你，好吗？

S：你讨厌，讨厌！不准吓我，不准逗我。（哇地一下哭了，样子很委屈）你只准爱我一个，爱我一辈子。如果你的女儿不接纳我……

Q：不准你这样瞎说，没有人可以阻挠我爱你，只要你知道我的心意就好了。

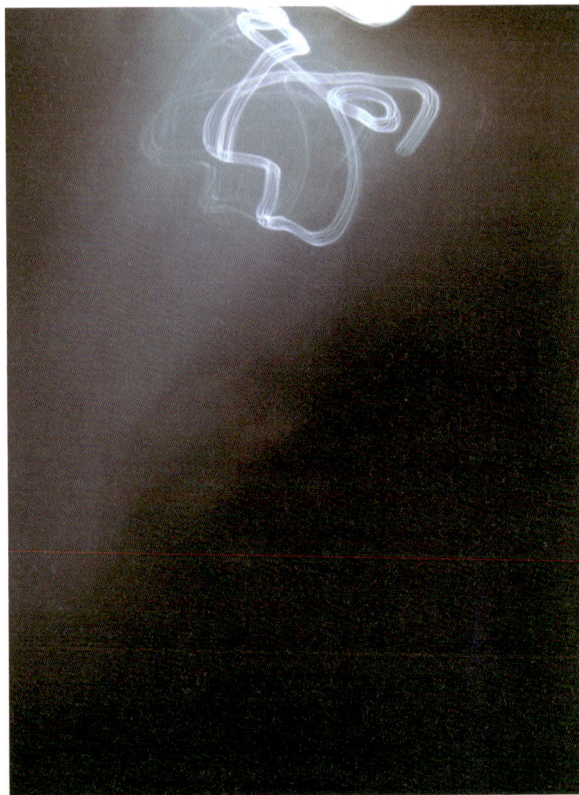

# 爱人，我走了

都市里的嘈杂、车辆、人群，挤得你我连呼吸都变成了压力，在紧张的生活环境和适者生存的战场中，你我都需要爱与被爱。我们不停地苦苦寻觅、等待，就连我这个无牵无挂、免疫力极强的人，在毫无准备的情形中，也会不小心被搅进局来，突然间变得束手无策，只得与闺蜜倾述心语。

上世纪末，我们这些新新人类对感情极为敏感和脆弱。犹如天上飞来晶莹剔透的雪花，绝不容一丝尘埃的侵犯。生怕一旦投入真心，渴望的东西又会消失得无影无踪，留给自己的只有缠绵的回忆和痛苦的叹息。因为害怕失败，只好带着渴望和期盼，站在一旁远远地观望，装出一副对一切熟视无睹的样子。

S的出现，像一道明媚的阳光。健康、动感的大男孩，与其交流时，会发现在他谦逊的言语中间，不失自信与敏锐。他是个出生在英国的中国人，良好的文化教育使他做事情非常理性、严谨，但绝不失幽默、诙谐。穿着中透露出他独特的品位，他有着捕捉时尚的特异嗅觉。——这些都是我欣然接受他每次邀请的最好理由。起初，我们只把对方当作互相倾诉的对象。正沉迷于李阳疯狂英语的我，不失时机地请他帮我解决一些英语中的困难，反之我变成了他的中文教师。

大家每次都有很多的话题，谈得十分投机，不知不觉地时光从身边划过。此时，S 要回英国处理一件非常重要的事情，我们只得暂时把对方搁浅在心中。我全身心地投入到排练厅和剧中的角色里，每天都会接到他的电话。S 终于把不敢在我面前提及的话，统统讲出。我们互相倾述彼此的思念，有时会抱着电话讲上两个钟头。倘若接不到他的电话，我便会感到失落、沮丧和无助；可一通电话，马上就变得神采飞扬起来，搞得周边的好友都觉得我不可思议。这种反常的行为，只有我自己才能给以诠释。毕业大戏开始公演，庆幸的是我一直努力地做着自己最珍爱最热衷的事业。站在舞台上，感受不同的人生，每一次我都会投入其中，感悟角色的灵魂。每场演出我都会认真地去对待，可心里总有一丝期盼，我好像在等……最后一场演出，将告别这个朝夕相伴多年的舞台，对大学生活划上一个圆满的句号。那天，座无虚席，过道上，甚至演出区都爆满了观众。天啊！我看见了 S，静静地坐在观众席中向我招手示意，可是他在英国还有很重要的事情没有完成，S 本来是很理性的，这太让我吃惊了，但更多的是一份惊喜和甜蜜。在台上演出时，我总会感觉到台下有一双眼睛凝视我，始终没有离开我。我尽可能地按捺住波动的心情，深呼吸，不停地深呼吸，告诫自己不能分神，要把最好的形象呈现在他的面前，努力回到了角色的生活中。谢幕时，观众给予我们最热情的鼓舞，鲜花、掌声把我搜寻他的视线挡得严严实实，此时他正捧着一大束白色玫瑰花向我走来，在他面前，我变得语无伦次，惶恐不安："你回来了，为什么不通知……"这时他已紧紧地把我拥入怀中。

从那一刻起，我们彼此心中都被对方所占据。世界很大，每个人都需要自己的空间，空间里所接触的人有男有女。我是一个充满梦想的女孩，就算撞得头破血流也绝不放弃自己的梦。这种执著曾经是S最欣赏的，慢慢地变成了对他的困惑。由于幸运之神的光顾，我有很多出镜的机会，可每次依依告别时，S总会问："真的要走吗？可以不走吗？小心点！"这一切变成了一种无形的压力，把我挤压得透不过气来。当我真正地走出去，发现外面的世界很精彩，空气也很新鲜，我不禁放声大笑，还开着漫无边际的玩笑。本以为会很快融入其中，突然觉得有些格格不入，浑然不适。此时更多的是一份牵挂，想起他那期待的目光，抽身离开时，是释然、是喜悦。

爱从未有过错，有时我们要为之做出取舍。爱情和事业可以兼顾吗？至少我做不到。外地一家卫视台，请我为一个栏目做特邀主持人，我很自然地接受了邀请。此时，S的父母来北京看我们。分身乏术的我，答应人家在前，不能随便推掉，作为新人也需要机会与大众传媒保持良好的关系。S说他父母对此并不介意，会等我回来再离开北京。由于编排出现了一些问题，耽搁了四天我才返回。当晚，我们一起共进晚餐，气氛十分融洽。S的父母非常和善，很关心我，说这么忙碌身体会累坏。S的妈妈说："我看你这一天这么辛苦，好心痛，不要这么累了，你们演艺圈太复杂，趁你涉足不深，赶紧脱身为妙！"我马上解释道："有些传闻太过夸张，其实并不像想象中的那样！"S的妈妈从手提袋里拿出一只很昂贵的钻石戒指说："我希望有个好媳妇，而不是大众情人，我也相信S的眼光没有错，把它带上……"这种近乎命令的口吻，我实在无法接受。我对周围所发生的事情，不再发表任何意见，显然我使S的母亲很尴尬，她接着说："NO problem.That's over，爱一个人，就要给他幸福，做不到，也该清楚怎么做。"说罢便与S的父亲起身离座，我把头垂得低低的，不敢正视S，真希望他能够理解我。我很珍爱演艺事业，它是我儿时唯一的梦。当我在艺术大道上刚刚步入正轨，还没有做出任何成绩时，就让我放弃它，这不可能，我绝对做不到。如果就此接受，我会一辈子也不能原谅自己。S开始自斟自饮，结识这么久，看他喝酒这是第一次。慢慢地，他的动作开始无序，甚至是迟钝，我马上意识到事情的严重性，推他离开了酒桌。他醉了，样子好痛苦，嘴里不停地叫着："小雨别走，小雨别走……"不管我怎样安抚他，都毫无效果，他不停地叫着，这个阳光男孩的脸上划过数不清的泪珠……

爱人，我走了。找寻梦的地方，还有很远很远的路。我其实很渺小，阳光男孩多爱一些自己，世界太精彩，美妙的事物太多，太多。

不要再为我这个爱做梦的女孩浪费时间了，寒冷飘雪的夜会很冷，但给我一个机会，让我自己去面对吧！

# 女人与鞋子

　　很多女人都有恋物情结，我也有。对于鞋子我情有独钟，每双鞋子我都赋予它们或多或少的感情，它们是永远不会背叛和伤害我的知心朋友。值得声明的是，我可以信赖托付的真心朋友永远不止这些鞋子，但今天我只谈鞋子，如我们每天所遭遇的人和事一样，随着时空、地点、款式、尺码的微妙改变，会改变很多事情。

　　我有很多漂亮的鞋子，它们每天与我相伴，不管我快乐不快乐它们都默默地陪着我。我喜欢风格不同的鞋子，高贵华丽的，简约朴素的，自然动感的，古灵精怪的，你别说我太过于博爱，只要是漂亮的鞋子我都爱。

　　在大学的恋爱时节中，我的白马王子送我一双极漂亮又很特别的鞋子。我当时非常开心，可是特别遗憾的是，这双美丽的鞋穿起来好顶脚，好痛；可看见我的白马王子那么开心的笑容，我不忍让他失望，也咬着牙笑着。他托着我的手在深邃的夜里散步，感谢那天的夜，他没有察觉到我痛苦的表情，这时我才觉得恋爱中的女人最美丽但真的好辛苦。回到宿舍脱下鞋子，脚上前前后后全是水泡，脚好疼，心好美，这也许就是"爱的代价"吧！我们年轻气盛，肤浅幼稚，只在乎外表和最低能的虚荣心。可带来的是无休止的争吵、误解和伤害，看来很般配的金童玉女，究竟合适与否只有自己最清楚。不管是鞋子，还是爱人，只要是不合适自己的千万不要勉强，否则最辛苦的还是你自己。

我的鞋子都是我的朋友。我赋予它们感情，它们赋予我美丽的人生。我爱护每一双鞋子，当它们有污点的时候，我会在第一时间帮它们清理；它们受伤的时候，我会在第一时间帮它们疗伤。它们也默默地为我创造绚丽的舞台、精彩的人生。我喜欢鞋子，总是为它们提供一个舒适的空间，并做到排列有序。跟你身边所存在的一切事物交个朋友吧！肯定它们的存在，就会感受到它们的生命。

# 爱花的女人

花是个美丽的女人，每每见到她，总会闻到淡淡的百合花香，听她轻轻地向你叙述着，你会爱上她那独特的味道。

女人如花，花是我的偶像，不管她的一举手还是一投足我都好欣赏。花是一个故事很多的漂亮女人，只要有空我会时刻不离地做一名忠实的记录者。最厉害的是，花每次的男主角都不同，而且对花都有一种义无反顾、无怨无悔的热情，可花还是觉得自己好寂寞、好无助。花真是一个身在福中不知福的家伙。

花的事业一直很顺，单身的她把事业当成了自己可以依靠的男友。近期的状况有些改变，经常拉我去陪她做发型，美容，健身，购物。她好像在为自己做着热身准备，难得看到花如此这般认真。

花消失了，找不见她了，用各种可能联系到她的方式都无济于事。那一段时间，我像一只找不回家的小羊，每天都在街边溜达，这时我才知道平日的依赖、信任和智慧都不见了。

# 来去匆匆

　　北京的春天来也匆匆。本来还是春寒料峭，走在街上瑟瑟发抖，忽然而至的温暖，催得桃红李白玉兰开，一夜就沿着街道铺展开来。怀春的人"猝不及防"，就被温柔撞了个满怀，满眼都是缤纷芳菲。这春花开得急，这幸福来得急！总感觉有些不真实，甚至患得患失、有几分恐惧，害怕它是虚假的幻境，也害怕它是匆匆过客，留下的只是伤逝的痛苦。

　　北京的春天去也匆匆。春花开得急落得也急，在匆匆而过的上班路上，我放缓了脚步，迎着朝阳看那缀满花朵的玉兰树，还有相邻的结满花蕾的杨树。轻风徐徐，那些玉兰花翩然起舞，姿态婆娑。本想稍作停留，倚树留影，一看腕表的指针，只好继续赶路，想着下班回来再与她们亲昵留念。谁知，在暮色笼罩的归途，当我寻到来时驻足赏花的街边，那一树一树的玉兰已经开过了，那枝头发蔫的样子如同迟暮的美人，慵懒地斜倚窗棂，默然无语。我恍然大悟：芳华盛时一刹那，若有情若有缘，容不得半点犹豫，须在抬望眼间就将那美丽定格下来。

　　来也匆匆，去也匆匆。即使你豁达大度，不为春愁所困，但难免也会生出些淡淡惆怅。墨色深深的夜里，一些老歌飘飘忽忽地传来，让你难以心静，反倒勾起压抑已久的悲情。那些听惯了的老歌，复又耳闻，自然添了不少怆然的回忆。爱在浓烈时，怎样的缠绵都不够！前一世，我们那轰轰烈烈的爱情，让天羡慕地嫉妒，末了却曲终人散分手于歧路。散就散了，偏又不期而遇，在花开花落的匆匆里，你转身离去。望着你越来越模糊的背影，我在想：你有没有感受到身后那凄楚的眼神？爱，却不能在一起，莫非是因缘注定？在每一个辗转反侧的不眠之夜，想到你曾对我许诺的幸福，感觉是那样的孤独无助，那样的凄惶悲伤！爱，竟然浸润得如此深重，虽经岁月的消褪，依然底色如故。一颗想超脱的心，像折断的翅膀，刚刚起飞，就被再次拉回到尘世，再也飞不起来了。

爱，是挣扎。挣扎在生存与毁灭的犹豫中，挣扎在无法掌控的无常里，挣扎在现世与未来的纠结撕扯里，挣扎在一荣一枯的春花间。

然而，无论爱带给你多大的伤害，这痛又是如何的刻骨铭心，我们绝不能让爱变异为仇恨。想想吧，情所萦系的地方，岂止是为了那别样的精致？在人生的风光里，最美的也是最销魂的是那曾经有过的真实的爱！有了这样的念想，即使是藏匿在心底的秘处，也会让你拥有一份心灵的春色。你念你思你盼的人，即使已经离你远去，也曾是你寒夜暖意的赐予者，又何必记恨呢？

# 躁动的世界里，遇见你

我：我忙，每天都在不停地忙，我哪有时间谈恋爱。

我：我烦，每天都烦，每天都为不同的事烦着，我哪有时间谈恋爱。

你：你好凶呀！凶得连一点儿女人味儿都没有，哪个男人还敢找你呀！

我：可恶！要你管，你自己连老婆都讨不着，还来管我的闲事。你这样的，也很难找到好一点儿的，除非人家脑子里有水，要不就是眼神差点儿。我不相信，有谁会喜欢浑身都是毛病的人。

你：女孩你听着，和你在一起说话（沉默片刻）真的很爽！好久没碰上这么心直口快的人了，爽，佩服，佩服！有空请你去聊天。

我：（暗想）过去只听说有受虐狂，不料今儿遇到了一个！

因为忙碌，我们缺少人与人之间真诚的碰撞。即使是简单的交流，也要掩饰一番，生怕别人会看穿你的心思，你的骨髓，你的真实面目。而我却将真实示人，甚至恶语相向。虽然粗鲁，却不虚伪，甚至有些特别，给人的第一印象非常深刻。

爱——谁都不会说清楚；

爱——谁也不能说清楚。

就这样懵懵懂懂地，

我和那个浑身都是毛病的男孩子恋爱了！

我：你爱我什么地方？（对方沉默）

你：你爱我什么地方？（对方沉默）

爱，有时真的很简单！

爱，就是——

　　天天想见他，

　　天天恋着他，

　　天天念着他，

　　天天盼着他，

　　天天看着他……

真是麻烦！

智商从 60 降到了 0。

本来智商不高的我，

恋爱了！！！

# 给恋爱一些理由

因为他爱笑（够阳光）

因为他爱帮助人（只帮我一个）

因为他穿衣没有品位（我都看不上眼，何况别人）

因为他不爱洗袜子（连袜子都没空儿洗，哪有工夫去泡妞）

因为他爱吃大葱（我们臭味相投，天生一对难兄难妹）

因为他爱和我赌气（要是不在乎我，还生哪门子气）

因为他爱请我妈吃饭（我喜欢尊重父母的人）

因为他爱看书（以免他打扰我健身）

因为他爱我（希望到永远没有尽头）

我疯了——因为我爱了

我爱了——因为他更爱我

我爱他——因为有爱我会为他无私地奉献

我想他——因为他太忙，我总也看不见他

我恋他——因为在我的世界里只有他对我最好

我迷他——因为他说我像一只永远逮不到的花蝴蝶

我看他——因为天天见面的人会越长越像

我恋爱了

我爱了

# 随花行

花开，花落，走一回；
人前，人后，总一人；
是爱，是恨，终一生；
有缘，无缘，只为花。
花似女人，女人如花；
我心向你，你向着花；
红尘有你，你心有花。
花开不多时，
情愿此生有。
你向着花，我变成花；
你向着我，我全是你。
缘生，缘灭，
只为你那枝——向着的花。

# 心痛的感觉

　　活在世上，有谁没有过心痛的感觉呢？只不过，引起心痛的原因不同，痛的程度也有轻有重。

　　因爱而痛，才是真正的心痛。那种感觉难以言状。随着每一次呼吸，痛感缓缓地弥散到周身，仿佛每一个轻微的动作，都会让失控的灵魂从躯壳冲出去，消失在夜空清冷的星光里。已经记不清这是第几次在空旷和阒寂中惊醒，身子不由自主地蜷缩一下，极需抚慰的肢体又不甘地伸出去，本来渴望碰到你的温暖，触及到的却总是一角寒衾，还有那一枕泪水、一帘幽怨。

　　你的幸福，竟与我无关……在这墨色浓浓的寒夜，有什么比这更痛苦的感悟呢！

　　在某一个如同被闪电击中的意念中，仿佛听到曾也缠绵多情的你，此刻平淡地说："忘了我吧！"越是语气平淡杀伤力越大，像一柄无形的匕首直插入心窝，痛到无法呼吸。从来没有一个人，这样深地走入我的心底，却又转瞬间离开。难道我们本来就是不相干的陌路人，只是阴差阳错地走到了一起，又鬼使神差地以为会有永远。错错错，莫莫莫！陆游的《钗头凤》，因何在千年之后，又成为我的哀歌？一个毁灭后的

重生，仅仅是为了遭遇另个一更惨烈的毁灭吗！仰首问天天不应，俯身问地地无语。

爱得太深太深，用情太重太重！即使是短暂的分离，也会带来撕心裂肺般的痛感。过往的快乐，像阳光下漂浮的亮片，在眼前轻舞飞扬，那曾是最美丽的笑意，此刻却变成了伤人的刀片，如雪花般密雨点般急，纷纷扬扬地将我置于心痛的境地，让我备受煎熬。

你一伸手一投足，就让我无限沉沦！无论是含笑的泪容，还是带泪的笑脸，你的一切已经深深地刻入我的生命、烙在我的心窝，常伴我甘苦人生的每一天！

# 没有爱的日子里

没有爱的日子你快乐吗？

没有真爱的日子里你快乐吗？

没有真正爱人的日子里你快乐吗？

不快乐！

给我什么我都不快乐！

哪怕是给我一座城堡我都不会快乐！

这城堡里如果没有你，

不管它有多么漂亮，多么华丽，多么让人心动，

我都不要，因为没有你，没有快乐，没有爱。

什么都变得不重要，

什么都变得不可爱，

什么都变得没有生机。

你留下，

只有你留下的日子里，

我才能拥有一切，

我才能享受着美好的城堡，

我才能真正成为这个城堡的主人。

把你留下，

我就是最幸福的女人；

把你留下，

我就是最美丽的女人。

知道我为什么如此美丽吗？

因为我心中有爱，

因为我心中有你，

因为我心中无时不在想你！！！

# 耕耘就会有结果

我确信，

耕耘就有结果。

不要听别人说——

努力也没有用了，

这件事儿没戏了，

别浪费时间了……

就算这样，

你就可以走了吗？

朋友，别走！

朋友，真的别走！

朋友，我劝你真的别走！

坚持一会儿，

再坚持一会儿，

有时我们只差这么一会儿工夫，

就失去一个很好的机会，

失去了这个很好的机会。

我们有时会很容易失去

对自己的一份自信。

别走！

在走之前，

多问几个为什么会这样？

为什么会成了这个样子？

除了别人的错以外，

自己有没有错？

为什么自己会犯这样的错？

找出来——

避开它，永远地避开它！

改掉它，坚决地改掉它！

也许就因为你这种积极的态度，

一切不利的会变成有利的；

一切不好的会变成对你的帮助。

看到自己的错误并及时改正的人，

最有可能成功，

最有可能取得最大最多的胜利！

别怕认错，

别怕没面子，

别怕别人看轻你。

只有勇于承担错误，

只有勇于承担责任，

才能取得最大的成功！

# 一起飞翔

爱上一个人，

就盼着和这人

一起飞翔，一起飞翔。

有你的日子，

就恋你的味道，

细细品尝，细细品尝。

我爱上你，就爱上飞翔，

飞翔在只有你的天空，

飞翔在我们美好的梦里。

把这份爱好好收藏，把我好好收藏。

每天，

每夜，

想——

与你共度的夜，

与你共创的事，

与你共幻的梦，

与你共写的歌……

今夜愿与你飞翔，

今生愿与你飞翔，

今世愿与你飞翔！

# H

## 夏天的味道

那个炎炎的夏日，在水银灯下体会着不同的人生和自己，

天空中微雨飘飘………别样的夏天味道。

# 落空的球杆

　　忙了两个多月，《夏天的味道》就要封镜了，我们打算到深圳华侨城的高尔夫练习场拍摄最后一场戏。为了拍好击打高尔夫球的镜头，也为了给整出戏留下一个精彩的结尾，我早早就做了准备。说起打高尔夫球，我还处在"启蒙"状态，谈不上什么水平。开拍前两天，一位熟识的高手特意陪我打了半天球，耳提面命地指点了一番。隔天，我向一位女友借了球具，又让妈妈陪着我上街买了好几套专用服装。从商场出来，突然想到日本电影《生死恋》，影片中女主人公打网球的慢镜头是那么优美，美得摄人心魄！我一时激动起来，手舞足蹈地对妈妈说："您就等着瞧好吧，女儿打球的样子一准酷！"

　　那天上午，剧组的人有说有笑地来到片场，我的状态也非常放松。开机前，我试着打了几杆，每杆球都很漂亮，旁边的人都情不自禁地为我叫好。我挥舞着球杆在半空中划了一个大大的圆弧，感觉就像美国的泰格·伍兹一样潇洒自如。可正式开拍时，我却有点发憷。一杆，两杆……一直打了二十多杆，居然杆杆落空，连球毛都没有蹭着。人们先是笑，后来都急了，剧组里所有会玩儿杆的人都站了出来，七嘴八舌地指教我该怎么打。"好，重来！"听到导演的指令，我凝神眺远，默念着动作要领蓦然一击，忽地打出了一记非常漂亮的球！我高兴地跳了起来，如释重负。谁知摄影师面带窘色地告诉导演，他没有拍到这个场景。想想也难怪人家，准是被我折腾得找不到北了！再开机时，我已是精疲力尽，怎么也做不好了。最后只好采取了应急的法子，副导演把球高高地抛向远方，随着那球飞行的弧线，我做了一个潇洒的收杆动作。

我真笨！就拍这么一点儿戏，还费了老鼻子的劲儿！我真是连累了大家。自责之间，又想到这些日子朝夕相处的伙伴明天就要各奔东西了，我不由得伤感起来，眼泪像断了线的珠子一样劈里啪啦地掉了下来。这时副导演走过来逗我："小雨，我的手抛球怎么样？如果咱俩联手出击，肯定能打败泰格·伍兹。"

后来我总是想起这件事，因为它给了我许多感悟：落空的球杆意味着什么？意味着你输了，你失意了，你失败了！人生在世，也许失败多于成功。强者与弱者的区别就在于你敢不敢承认失败。这一次，我输了，我输得很惨，但我还会勇敢地挥舞起球杆，去继续自己的击打。重要的是我不会停止。

# 我欠佟大为一部手机

对我来说，2003 年之夏是一次青春的约会，激情燃烧着约会的每一个细节，也燃烧着我和剧组所有年轻人的心。剧内剧外的故事，一切的一切，都随着电视剧《夏天的味道》的拍摄而发生，而展开，故事的情节一波三折，跌宕起伏。最让我感到惊喜的是，在这次青春的约会里，老同学佟大为突然出现在我的身边。

去年夏初，作为戏里的女主角，我早早地就来到深圳的拍摄现场。一天，我刚打完乒乓球，大汗淋漓地跑到了化妆间。一抬头，我看见了一个似曾相识的身影——佟大为？对，没错！就是他。看来他是刚到剧组，一副风尘仆仆的样子。我激动地把目光投向大为，可他却没有什么特别的反应，反而神情很陌生。那一刻，我有点儿失落感。走出门来，刚好我们又碰到一起，我有些发嗔地问他："大为，你不认识我了？"他立刻有些狡黠地送上了"奉承"话："认识，认识，可你比以前漂亮多了！一下子还真认不出来。"

真想不到，我们又见面了，而且要联袂主演一部青春偶像剧。我想起了我们相识的往事——

那时我在沈阳音乐学院附中读书，快高考了，就赶回老家抚顺，去一所重点高中补习文化课，准备报考解放军艺术学院。分到班里，我碰到了佟大为。他那时比较胖，模样也不打眼。不过我喜欢单眼皮的男孩子，他也健谈，没事时就聊上了。一交谈，才知道他也在准备报考艺术院校。兴趣相同，说话自然就投机，那时我们经常凑在一起，主要的话题就是艺术。后来我们都得到命运的垂青，他考上了"上戏"，我考上了"军艺"。可惜的是一个在上海，一个在北京，我们失去了联系。

2002年，我在上海看了一场电影，就是佟大为和徐静蕾主演的《我爱你》。看到老同学在影片中那么出彩，我打心眼里为他高兴。我当时有一种预感，这个单眼皮的男孩注定要火起来的。后来我碰到了阿甘导演，他正在为《浪漫的故事》选择男主角，当时入围的有好几个人，其中就有佟大为。因为我和阿甘很熟，就直截了当地告诉他：依我看，就是佟大为最合适！后来我看到了《浪漫的故事》，大为的表演确实不错。我心里想，我没有对阿甘说瞎话。

拍这个《夏天的味道》真爽，在深圳，我们两个抚顺人异地相逢，开心得不得了。在片场，一有空儿，大家就忙着翻剧本背台词。只有佟大为是一个另类，他从来不带剧本，一副胸有成竹的样子。一次，我讯讽他："怎么连剧本都不带，太没有职业道德了！"大为听了拍拍脑门说："都在这儿呢！"他说的是实情，其实他比我们更敬业，拍摄前已经把台词背得滚瓜烂熟，到了片场自然胸有成竹，状态特好。由此我想到一则典故：古代有一个名叫郝隆的读书人，很有学问，满腹经纶。一个赤日炎炎的晌午，他袒着上身仰卧在露天的空地上。路过的人问他在做什么，他从容答道："晒书。"想想，佟大为有点儿郝隆风度，真够神的！

在剧组，我总是得到大为的特别"关照"。他老是对我品头论足的，不是说我衣服穿得不得体，就是说我嘴巴太馋。有一次，我们路过一家西点铺，他看着我垂涎欲滴的样子，就在一旁调侃起来："小雨，给你两个选择——一个是梁咏琪，一个是沈殿霞。你看着办吧！"我知道他是好心，是在提醒我注意保持身材，就打消了买些蛋糕吃的想法。又有一次，制片人邀我们去外面用晚餐，我不胜酒力，只喝了两杯就头晕起来。这时候，投资方有一个人喝高了，说我是戏里的女一号，非要我陪着他再干一杯。我再三解释，那人就是不依不饶，而且出言不逊，弄得我非常窘迫。这时大为站起来，说我是女孩子，平时也不喝酒，这酒他替我喝了吧。那人说，要替，那就加倍喝。大为真是豪爽，二话没说，仰起脖子，连喝了满满两杯白酒。

大为自己对记者说：拍《玉观音》时，他和孙俪真的有恋爱的感觉；而和我合作，就像哥哥和妹妹。

大为很仗义，真的像哥哥一般处处呵护着我，可我却做了一件"对不住"他的事：钱勇夫老师的戏拍完了，他要提前离开剧组，大家为他饯行。那天，大家特别闹，非要喝个一醉方休不可。大为有事要离席，我偏不让，拿着他的手机往墙上摔，拼命的朝墙上摔了好几回。没想到大为当时也很忘情，竟记不得我摔他手机的事了。第二天乘车去外景地，我们并排坐在一起。大为指着手机屏幕上的斑点对我说："我的手机不知出了什么毛病，上面尽是'小太阳'。"我听了忍不住大声地笑了起来。

一个激情四射的夏天过去了，我和大为也各奔东西了。想到大为，就会想到我们在一起时的种种细节。我时常提醒自己：我还欠着大为一部手机，再见面时，一定送他一部新款的手机！

# 刘烨给我减压

当娱乐记者得知我是《夏天的味道》的女一号时，就称我是"幸运的女孩"。我确实幸运，在这部戏里，我有幸与饰演张毅的刘烨、饰演朱诚的佟大为，还有于娜，一起演绎一段四角恋，特别是我得到了金马影帝刘烨的许多帮助。

《夏天的味道》的主角几乎都是东北人，我和佟大为是辽宁抚顺的，刘烨是吉林长春的。闲下来说起家乡话，乡音浓，乡情更浓。大家说，咱们凑在一起，准能拍《东北一家情》的续集，同期录音，绝对是地道的东北味儿。

老乡在一起，自然是其乐融融，感到非常轻松。可演起戏来，尤其是和有着"影帝"名分的刘烨演对手戏，我还是感觉压力蛮大的。刚开始，我一站到摄影机前就紧张，老是站错位置，甚至忘记台词。错了就要重来，我觉得是我拖累了大家，感到内疚，这样一分心，接下来更容易出错。看到我手足无措的样子，刘烨一点儿也不急，老是重复那句话："没关系。"就这样，做了一遍又一遍，他总是不厌其烦，直到导演满意为止。就是刘烨那种气定神闲的态度，让我感受到了拍摄现场那种融洽的气氛，也让我找到了自我意识上的盲点，终于从无形的压力中解放出来。我很快就消除了紧张感，在后来的对手戏中，只要导演和刘烨他们一点拨，我就能心领神会。刘烨绝对是个好演员，即使不言不语，眼睛里也都是戏。为了与他合作得更为默契，我反复琢磨他在《紫蝴蝶》《那山那人那狗》等影视作品中的表演，越琢磨越觉得他的戏好。在和刘烨的合作过程中，我学到了许多在学校学不到的东西，我真的是一个"幸运的女孩"。

拍戏间隙，刘烨喜欢躲在一边摆弄手机，起初我以为他是在发短信，心想他是惦着什么人吧。后来才发现，他是在玩电子游戏，沉浸于中，一派自得其乐的样子。刘烨很忙，剧组出剧组进的，来去匆匆，拍完我们这部戏，他就要赶赴云南去和舒淇合作演一部叫《香草》的电影。刘烨不像佟大为那么"闹腾"，平时不爱说话，也很少与人扎堆聊天，喜欢独自玩玩电子游戏，这也许是他调节情绪的一种方法吧？

刘烨，祝你取得更大的成功！——每当想起和刘烨在一起拍戏的那个夏天，我的心中就会响起虔诚的祈祷声。

# 别让我再哭了！

有一个圈外的女友对我说："当演员多风光呀！拍戏又那么好玩。"我一本正经地回答她："不好玩！"她听了有点儿茫茫然，于是我对她痛述苦情——

在《夏天的味道》里，有一场戏是悲情戏，哥哥去世了，戏中的我悲痛欲绝，痛哭失声。连我都没有想到，这一哭就没完没了的，从上午到午后，整整哭了五个多钟头，导演还是不满意。哭到后来，真把眼泪哭干了，滴眼药水也不管用了，我连忙向导演告饶："放过我吧！"可导演是"铁石心肠"，哪懂得"怜香惜玉"，非要我哭下去不可。这时我委屈得要命，一伤心，泪水又涌出眼眶。我乘机入戏，把一场哭戏演绎得导演没得挑剔。那天收工归宿，我躺在床上一动也不能动，这样一次马拉松式的痛哭，真叫人元气大伤。你说，当演员容易吗？

心情好好的却叫你去哭，一个弱女子却叫你去撒野，演戏，好像就是跟自己过不去。本来我的人缘不错，戏外大家亲密无间。可在戏里，我野蛮得很，对那些男演员是见谁啐谁，见谁打谁，不管他是赵强，还是刘烨、佟大为。有一场在酒吧的戏，我喝高了，佟大为兴高采烈地来了，我只说了一句"你是一个骗子！"说着一个嘴巴就扇过去了。大为打了一个趔趄后捂着热辣辣的脸轻声对我说："你还真打呀？"这时导演在一旁说："太轻了，打得狠一点！"我真不忍心下手了，迟疑间，听见大为对我说："来吧！"……这一开打，还打出了情绪。后来在一个借来的办公室拍戏，外面走廊里挤满了看热闹的群众。天闷热，人也躁得慌，又是面对佟大为，我那次一点儿也没有手软，"啪"的一记耳光打过去，清脆的声音连站在走廊里的人都听得见。打完了，看着大为狼狈的样子，我故意冲着导演喊道："要不要再来一遍？"导演佯装严肃地说："你是不是和大为有仇啊！"拍完这场戏，剧组的男人都说我是小泼妇，见了我就故意绕着走，还装出各种恐惧的样子，这戏外之戏还真搞笑。最可气的是佟大为，他慢条斯理地对我说："我不过受些皮肉之苦，可你就惨了！看过咱们的戏，还有男人敢娶你吗！"

拍戏实在是太累了。天还不亮，也就是四点钟左右，场工就像《半夜鸡叫》里的周剥皮一样，"咚咚咚"地来敲你的门。四点半开始化妆，连轴转到子夜时分才收工，一天只睡三四个小时。一次在一家公司拍戏，我和于娜困得实在厉害，什么也不管不顾了，就倒在大堂的地上四仰八叉地睡着了。朦胧中，我们被保安唤醒了，人家说这里不允许睡觉。我和于娜互相看着对方邋遢的样子，由不得好笑。

# 酒吧里的宣泄

有机会担任《夏天的味道》的女主角，我非常高兴。但是说实在的，同刘烨、佟大为这些人气正旺的大明星演对手戏，压力还是蛮大的。刚到剧组的时候，我怎么也找不到感觉。这时我风闻到一些议论，有人质疑我的演技，有人认为我的形象不大适合青春偶像的要求……那些日子，我特郁闷，糟糕的情绪反过来又影响到表演时的状态，我总是难以入戏。我在片场发现，连一直非常耐心的导演也开始皱眉头了。我自己拷问自己：微雨啊，你怎么了？你在学校学表演时不是很优秀吗，你以前拍戏时也不是这么木啊，你究竟怎么了？！

那天在一家酒吧拍我的戏。因为哥哥死了，爸爸离家出走了，连身边最信任的两个男人也欺骗了自己，我演的角色在酒吧借酒消愁。其实不只戏里的人物苦闷，我自己当时的心境更坏。当一只忧伤的曲子响起来的时候，我感到自己挺委屈的，想家，想妈妈，觉得自己没出息……一时百感交集，泪水扑簌簌地往下流。导演以为我入戏了，连忙指挥开拍。这么一刺激，还真的来了情绪，我把设计好的动作撇在一边，尽情地即兴发挥。我蓦地端起一扎啤酒，缓缓地浇在自己的头上。被我摔过的酒杯局部破碎了，明晃晃的玻璃碴子粘在我的头发上，那样子很吓人。

演那段戏时，我任情宣泄，了无拘束，把剧中人物的苦闷状态表现得淋漓尽致。有几组镜头表现的是我指责佟大为的情景，我放得很开，大为的状态也好。

这场戏的过程连贯而又真实，大约拍了四十多分钟，当导演叫停时，在场的人都为我鼓掌叫好。太激动了！我连忙向大家鞠躬致谢。收场时大为走过来对我说："小雨，你的戏演得真好！""真的？""真的！"大为在回答我的疑虑时一脸的真诚。这让我很感动，从那以后，我也找回了自信。

幽闭长久的蓓蕾一经绽放便会格外美丽，因为它做了足够的积蓄。我觉得，要想赢得别人的尊重，你必须付出百倍的努力，用实力来证明自己。

# 感恩是快乐之源

生活在都市的年轻朋友喜欢过洋节日，什么圣诞节呀，情人节呀，我呢，却对感恩节情有独钟。我看过一则资料，是讲感恩节来源的：1621年的初冬，在北美的荒野上，来自英国的清教徒移民聚集在一起欢庆丰收，他们邀来印第安人朋友，一起食用从林中打来的野火鸡和沼泽地里采来的"蔓越橘"，还有自己种植的玉米棒子。慢慢地，这种庆典在不少地方发展成感恩节。美国内战结束后，当时的林肯总统把感恩节定为全国性节日。以后每到收获季节结束的11月第三个星期的星期四，美国人就会尽情地玩乐，感激上帝赐福于自己，感激这块收留和养育他们的土地。

感恩节实际上集中体现了美国人的感恩文化。基督教强调人的幸福源于神的恩典，所以人应该对神和神所创造的世界怀有感恩之心；对于神、世界和他人的感恩情怀支配着美国人的日常生活。我很欣赏这种感恩文化，它可以净化人的心灵。现在许多人喜欢去寺庙烧香许愿，人们更多的是希望得到什么，而不是为了已经拥有的一切去感激上苍、感激他人。在现实生活中，有些人总是满腹牢骚、怨天尤人，被愤懑、妒忌、猜疑、抱怨等不良情绪所控制，整天哭丧着个脸，郁郁寡欢。这样的人，不仅惹人生厌，更是在折磨他自己。我觉得，具有健康心理的人怀有一颗感恩之心，他们感激造物主的赏赐，感激养育自己的土地和父母，感激帮助过自己的每一个人。

从影以来，我一路跌跌撞撞，走得也很辛苦。但回想起来，如果没有那么多好心人赐以援手，我怎么会走到今天呢？拍摄《夏天的味道》的经历，更让我成熟起来。这种成熟不只表现在演技上，更表现在人生观和做人上。在这个戏里，我是显山露水的女一号，可在我的身边、我的背后，有多少人在默默无闻地扶持着我呀！别人为我做了那么多，可扪心自问，我为别人做过什么呢？真是愧对大家。我只能借一支笔，感激那些所有无私地帮助过我的机构和朋友。

感激海润公司的投资人，是他们的慷慨打造了一部充满青春活力的电视剧；感激凤凰影视公司的出品人和导演梁德华，是他们的赏识给了我一次展示艺术才华的机会；让我毕生难忘的还有制片主任杨丹丹，在拍摄现场，杨姐总是抓住一切机会帮我分析剧中人物，为我指点迷津，为我壮胆打气；当然还要感激与我演对手戏的东北老乡刘烨和佟大为，感激剧组的每一个兄弟姐妹，感激叫得上名字和叫不上名字的曾为《夏天的味道》出过力的所有的朋友……

我想，再过感恩节的时候，我要举行一个Party，把帮助过我的朋友请来，我们一起吃烤火鸡，一起吃烤玉米，一起狂欢，一起感恩。

感恩是快乐之源。如果你抱有一颗感恩的心，快乐就会如泉水般地从心底溢出，浸润你生命历程的每一个日子。

# 心中的海岛

　　走出解放军艺术学院的校门，我就进入海军政治部所属的电视艺术中心，成为一名光荣的海军战士。漂亮女孩穿上军装的感觉很酷，你往街上一立，一副英姿飒爽的样子，回头率保证高。你要是去问路，人家肯定热情得不得了，因为你是子弟兵嘛！老百姓就是信得过当兵的，一次我去邮局，立刻有一个民工模样的人走过来，要我帮他填写汇款单。可说实在的，在我没有去海岛之前，我还很难说自己是一名真正的兵。

　　那年，我奉命前往海防部队去辅导基层的文艺活动。一下去，才真正体验到当兵的人是多么辛苦。上了海岛，四围水天一色，岛上人烟稀少，绝没有想象中的那么富有诗意，反而有与世隔绝的感觉。这里吃的，住的，都没法子跟城里比。最让我感到难受的洗澡问题，这里连淋浴头都没有，只能打些热水擦擦身子。可海岛上的军人质朴爽朗，人情味也浓。

　　下海岛后，我的主要任务是帮助业余演出队排练小品。不客气地讲，这是我的强项，在军艺时，我就演过小品《帮厨》，还参加过第四届全国小品大赛。看我业务还行，演出队的人不管是老的还是小的，都尊称我老师。大家相处得一直很好，可也发生过两次矛盾。一次是练习台词，好些人的普通话怎么也讲不好，反复纠正，还是乡音很浓。我急了，就说：

"连普通话都讲不好，还演什么戏？"这句话刺激了大家，一个干部以为我看不起他们，就嚷嚷说："我们本来就不是专业演员嘛！"我当时听了很委屈，觉得自己这么辛苦，图什么来着？当我气鼓鼓地回到宿舍时，我教的队员就来了，他们给我打来热水，端来热腾腾的饭菜。看到这种情景，我好感动，连忙向他们道歉，他们反说老师批评得对，我们一定好好学普通话。还有一次彩排，第二天就要演出了，可有人还是无精打采的。我冲着一个队员说："你怎么了？是不是没吃饭？"谁知他立刻顶撞过来："就是没吃饭！"这一次我没有搭理，事后才知道，那人的妻子当时也在场，我说他时他觉得没面子。当兵的大多性格直爽，时不时有些碰碰磕磕，过去了又嘻嘻哈哈的，像是海岛上的天气，风雨过去，天空格外晴朗。

在海岛呆了三个月，起初不适应，觉得日子过得特别慢。后来熟悉了这里的一切，反倒不想走了。临别的时候，大家依依不舍。我本来不想让他们送我，可大家不肯。有两个女兵，一直把我送到机场。靠着飞机的窗口，我的视线一直追随着越来越小的海岛，直至它完全消失。

我想，自己并没有离开海岛，因为我的心间有了一个绿色的海岛。

# 愚人节里的旷操事件

　　我是一个淘气的女孩儿，在"军艺"读书时，曾经犯过军规。

　　读大二那年的一天早晨，我醒来看了看腕表，啊，4月1日，今天是愚人节！用什么法子骗骗大家呢？去锅炉房打热水的路上，忽然眉头一皱，计上心来。我一回到宿舍，就郑重宣布："今天不用去上早操了，自由活动。"有人问："谁说的？"我煞有介事地回答："刚才我遇到了学员队长，是他要我通知大家的。"满屋子的人都没有意识到这是一个愚人节的玩笑，有的捂在被子里发懒，有的慢腾腾地梳妆打扮，还有的拿着书本直接去了教室。我呢，自以为得计，用讲义捂着脸乐了好一阵子。

　　不一会儿，学员队长来了，他虎着脸质问我们为什么不去上操？大家一时愣怔了，所有的目光都冲着我射过来。我这才意识到自己闯祸了，连忙说明这是一个愚人节的玩笑。"玩笑？"学员队长气坏了，"你知道吗，在军艺的历史上，今天是第一次集体旷操。"

　　接着下达了处罚决定：原定今天上午的表演课不上了，所有旷操的人都要写一份检讨书。大家一听傻了，嘴上不敢说，目光里却透着委屈，像在申辩：我们只是上了石微雨的当，为什么也要写检查呢？我想说，因为你们愚蠢啊，可话到了嘴边，又怕激怒众姐妹，又咽了回去。

事后我直犯后悔，心想为了一个不负责任的玩笑，不仅违反了校纪军规，还连累大家跟着我受罚！真是不该呀！我天性活泼，喜欢时不时地搞点儿笑，但接受了这次教训后，我再也不搞恶作剧了。

# 我的糗事 ABC

在方言里，"糗"指的是粘连成块状或糊状的饭食；用它来形容令人窘迫的衰事，实在是传神。我们都是吃五谷杂粮的凡夫俗子，在生活中都难免发生几件糗事。大俗也是大雅，把这些糗事说出来，也挺有意思的。

先讲一件打嗝的糗事吧。我在军艺读书的最后一年，我们戏剧系的同学排练毕业大戏——现代话剧《老妇还乡》，我在剧中饰演两个角色，一个是列车长，一个是大夫，演起来非常过瘾。可在彩排之前，我喝多了汽水，弄得不停地打嗝。上了台，喉咙里还是怪痒痒的，我极力压抑着，不让自己打出嗝来。戏里有一个情节：作为大夫，我对一个躺着的人发布了死亡通知，台词是"心脏衰竭"。本来是很悲情的东西，谁知我刚讲完，一个响嗝就突然喷发，弄得哄堂大笑。演出后老师当众批评我说："演员在台上打嗝，我还是第一次看到。"听了这话，我羞得无地自容。后来我为自己编写了一个小档案，里面特别写道："最尴尬的场面——在舞台上不停地打嗝。"

再讲一件贪吃的糗事。拍《夏天的味道》时，为了塑造人物的需要，我为自己制订了严格的瘦身计划，要点是控制饮食，不吃米饭。我怕管不好自己的嘴巴，请佟大为监督执行。一次在片场，看着刚焖好的香喷喷的白米饭，实在馋得不行，趁大为不在的空儿，鬼鬼祟祟地给自己盛了一小碗。没想到我刚要动筷子，大为的声音就在耳边响起来："多吃点！你身边还有一大锅呢，不愁养不肥你。"我听了好窘呀！不过我还要感谢大为，作为我的特约"减肥监督"，他尽心尽力，帮我减轻体重9公斤呢！

最后说一件骑自行车的糗事。我这个人会开汽车，甚至可以像超人一样飚飞车，却不会骑自行车。可在拍摄《夏天的味道》时，偏有我在山路上骑自行车的戏。开拍前有人教我练着骑，好歹学会了蹬车行进，却不会独立上下。拍摄时，别人扶我上了车，骑了一会儿，到了下坡路，车速快了，可道具车只有轱辘没有闸，没法刹车，我也不会下车，一着急，忘了台词，却大喊："救命！"

# 古典美人不好当

在沈阳音乐学院附中读书时，我接触到了《红楼梦》，感觉大观园里的那些女孩儿，花前月下，吟诗作赋，很有生活情趣。想象那些美人儿装扮起来的样子，更让我怦然心动。后来在荧屏上看古装戏，那些"高髻凌风、首翘鬓朵"的小姐，那些"凤冠霞帔、珠玑粉黛"的公主，个个幽姿逸韵，端的是光彩照人。我好羡慕她们呀！走入演艺圈后，我一直在寻觅机会，想在古装戏里做一回古典美人。

在世纪之交的那年，机会联翩而来，我先后出演了《乱世英雄吕不韦》和《隋炀帝传奇》两部古装电视剧。进了剧组，才发现古典女人不好当，上妆就是一件折磨人的事。一起来就要梳头、画眉、佩戴各种首饰、穿上一层一层的衣服，等梳妆妥当了，人也耗得够呛。站在摄影机前，举手投足间又要找那种娉婷娇媚的感觉，说话要发莺语，出气要吐兰香，呀，呀！真的是好累人哦。我想古代的女子也有同感，要不怎么会有"懒起画蛾眉，弄妆梳洗迟"的诗句呢！

在剧组，我们这些假冒的"公主""小姐"却偷不得懒，有场工催着，导演盯着，由不得你不卖力。拍摄《乱世英雄吕不韦》那会儿，天气很热，我们这些小姐却是环佩玲珑、衣履煌然的，不几天就捂出了一身痱子。受了热还要受冷，拍《隋炀帝传奇》时已是岁暮时节，当时气温很低，可我扮演的陈国公主只穿着薄如蝉翼的纱裙，在片场冻得打颤不说，还不住地口吐白雾呢。狠心的导演哪管你的死活，使出了狠招儿，随着一声令下，手下人急匆匆地送上一支冰棍，让你立即吞下，以抑制哈气。那是一场哭戏，到后来，连哭出的眼泪都在脸上冻结了。我妈妈当时也在现场，看着自己的宝贝闺女受罪，心疼得不得了。

　　有了这番经历，我不再敢演古装戏了。有剧组找来，便胡编些理由搪塞过去。话说回来了，当红粉佳人别有情趣。我保存的剧照不多，却把古装戏的剧照集中在一本精美的相册里，有空就拿出来欣赏一番，而且是看一回，乐一回。

# 附 录

# 石微雨：寻梦的女孩

郝耀华

　　16 岁那年，初入花季的石微雨就被慧眼识珠的黄健中导演相中，在电影《中国妈妈》里扮演一个女大学生。从小富有艺术才情的石微雨在水银灯下找到了梦中的路，踩着丛生的蒺藜，她一路行走，步步逼近梦境里长满梧桐和白玫瑰的艺术殿堂。在青春偶像剧《夏天的味道》里，石微雨与当红的青年演员刘烨、佟大为等一起，演绎了一段交叉于情场和商场的现代传奇，在影视星空炫出一片异样的光彩。

# 穿过寒冷飘雪的夜，闻到了"夏天的味道"

在《老费的故事》里，石微雨演过一个想利用男友的钱去做明星的女孩儿。做明星，也是石微雨的梦。可她不想学戏中的那个唐小玲，她要走一条实实在在的奋斗之路。1997年，石微雨考上了解放军艺术学院戏剧系，从老家沈阳来到她向往已久的北京。在军艺，她特别刻苦，先后在《骆驼祥子》《原野》《歌女》等戏剧中担任主角。一毕业，石微雨就被特招到海政电视艺术中心，成为一名专业的影视演员和海军军官。当兵后她接的第一个戏是电视连续剧《刘少奇同志》，饰演郭明秋。接着，她又在20集电视连续剧《中国轨道》里，饰演大学毕业后被分到卫星测控部队当兵的陆燕。从小在军营里长大，如今也成为一名军人的石微雨，在这部反映当代军旅生活的戏里，表现得非常出色。此后，石微雨又和巩汉林联袂出演电视贺岁片《吃葡萄不吐葡萄皮》，扮演女记者，男女主角庄谐互见，笑料叠出，整出戏充满了乡土气息和生活情趣。

石微雨曾在一篇散文里写道："寒冷飘雪的夜会很冷，但给我一个机会，我会勇敢地去面对！"机会总是垂青有准备的人，在24集电视连续剧《夏天的味道》里，石微雨如愿饰演女一号安晴晴。石微雨演的这个富家女，漂亮、率性，有些男孩子气。她在离家出走之后，开始咀嚼平凡生活的甘苦，并为草根"男性"原始魅力所吸引，然而她又难以真正割舍掉她所熟悉的生活。石微雨深刻分析了人物的这种矛盾心理，在同两个男人和另一个女人的"四角关系"中，准确地把握住了安晴晴跌宕跃动的情感曲线，演来非常自如。新华网记者在做现场报道时用了非常煽情的题目——《刘烨、佟大为"争女"斗老拳》，文中说："新人石微雨在剧组被众星捧月般地呵护着，在戏里被金马影帝刘烨和新晋偶像佟大为狂追不已，成了一个让人嫉妒的幸运女孩。"在和这些腕级人物演对手戏时，石微雨不慌不忙，她的表现令人刮目相看。

# 蓝、白两色的"色彩情结"

石微雨喜欢两种颜色：一种是蓝色，一种是白色。

"蓝色是天空的颜色，是大海的颜色，也是我梦中的颜色。蓝色会激发我的进取心和追求的欲望。"平时，她喜欢穿蓝色系列的服装，穿上就觉得虎虎有生气，凸现出自己的个性和气质。到了"海政"后，她时常穿一身浅蓝色的牛仔休闲装，配上一顶蓝色的有檐帽，显得英姿飒爽。

从小学习音乐的石微雨极具美的感悟力，在东北三省联合举办的名模时装大赛上，她的精彩表现和具有亲和力的气质深深地打动了在场的评委和观众，曾获得过表演特别奖。平时，她在服饰上非常考究，认为与人交往时穿上得体的服装，是对他人的尊重。有一年在香港，她刚刚主持完一档节目，没有来得及换装，就去一家电视机构谈合约，人家看到她穿着演出服，就问："你是不是特别喜欢这样的衣服？石微雨当时很窘。以后，她更加注意穿戴在社交中的礼仪功能，出门之前，会因人因时因地因事选择最合适的衣服，并佩戴上与之协调的小饰物、首饰、手表和坤包。她还有自己独特的审美情趣，在对时尚保持敏锐发现力的同时，会凸现自己的个性。不过她不会穿那些太怪异的东西，在外观上愿意给人留下健康、大方的印象。

白色也是石微雨偏爱的颜色。她有很多纯白的衣服，尤其是夏装，穿上就觉得很爽也显得纯洁。她的居室就是一座"迷你白宫"，白墙、白衣柜、白窗帘，连钢琴也是白颜色的，再加上花瓶里插的白玫瑰、白百合，整个是纯洁无瑕的一方自我空间。

　　蓝色是梦，白色是情。石微雨生来就是一个寻梦的女孩，靠着激情和执著，她的梦幻一步一步变成了现实。

石微雨

小档案：

学历：解放军艺术学院戏剧表演系、文学系

出身地：辽宁抚顺

通晓语言：国语、英语

个人才艺：作曲、写作、钢琴、芭蕾、绘画、服装设计、戏剧表演

休闲活动：读书、写作、作曲、绘画、爬山、网球、舞蹈、赛车

最钟爱的物品：字画、书、汽车、兵器

最想去的地方：维也纳

最喜欢的树：法国梧桐

最喜欢的花：白百合、白玫瑰

恋爱守则：真诚专一

最受感动的情歌：《Yesterday once more》

最喜欢的一句话：投入地爱一次，忘了自己

最美的意外：遇见你是我今生最美的意外

## 艺术简历：

主要影视剧：

1995 年　　出演电影故事片《中国妈妈》

1996 年　　出演电视短剧《交班》

1996 年　　出演电视连续剧《老费的故事》

1997 年　　出演电视连续剧《能不离，最好还是别离》

1998 年　　出演独幕话剧片段《骆驼祥子》

1998 年　　出演独幕话剧片段《原野》

1999 年　　出演外国话剧片段《歌女》

1999 年　　出演外国荒诞话剧《老妇还乡》

1999 年　　出演电视连续剧《刘少奇同志》

1999 年　　出演电影故事片《没事找事》

2000 年　　出演电影故事片《梦幻少年》

2000 年　　出演电视连续剧《乱世英雄吕不韦》

2000 年　　出演电视连续剧《隋炀帝传奇》

2000 年　　出演电视连续剧《中国轨道》

2001 年　　出演贺岁电视短剧《吃葡萄不吐葡萄皮》

2002 年　　出演电视连续剧《江山》

2003 年　　出演电视连续剧《夏天的味道》

2004 年　　出演电视连续剧《砺剑》

2004 年　　出演电视连续剧《水兵俱乐部》

2005 年　　出演电影《我爱你中国》

主要词曲作品：

《忘记我》《受伤的心》《梦中醒来》《想念你》

（以上作品由中国唱片公司出版发行）


主要文学作品：

《好女孩不哭》（载《中国广播电视报》）

《珍爱每一天》（载《购物导报》）

《爱人，我走了》（载《北京青年报》）

《周晓文谈表演》（载《大众电视》）

《情系〈中国轨道〉》（载《北京晚报》）

《超越时速》（载《时尚》杂志）

**图书在版编目（CIP）数据**

微雨飘飘 / 石微雨著 . -- 北京 : 中国华侨出版社，
2016.3

ISBN 978-7-5113-6004-5

Ⅰ . ①微… Ⅱ . ①石… Ⅲ . ①散文集 - 中国 - 当代

Ⅳ . ① I267

中国版本图书馆 CIP 数据核字（2016）第 050573 号

**微雨飘飘**

著　　者 / 石微雨

出 版 人 / 方　鸣

策 划 人 / 郝耀华

责任编辑 / 王　嘉

石微雨肖像摄影 / 马司亮

插图摄影 / 唐文静

美术指导 / 费大为

装帧设计 / 宋　云

经　　销 / 新华书店

印　　刷 / 北京金彩印刷有限公司

开　　本 / 787mm×1092mm 1/16　　印　　张 / 18

版　　次 / 2016 年 8 月第 1 版　　印　　次 / 2016 年 8 月第 1 次

书　　号 / ISBN 978-7-5113-6004-5　　定　　价 / 56.00 元

中国华侨出版社 北京市朝阳区静安里 26 号通城达大厦 3 层 邮编：100028

法律顾问：陈鹰律师事务所

发行部：（010）82069015　　传真：（010）82069000

网址：www.oveaschin.com　　E-mail: oveaschin@sina.com